随心 随意
去生活

蔡澜

作品

湖南文艺出版社
HUNAN LITERATURE AND ART PUBLISHING HOUSE

博集天卷
CS-BOOKY

做自己喜欢的事，便是幸福

永远看不懂猫，才觉得神秘和可爱

要烦恼，也要等明天才烦恼

目 录
Contents

壹 ——————————————— *001*
活着，就要尽兴一点

目 录
C o n t e n t s

贰 ——————————————————*085*
吃喝玩乐，是一门艺术

叁

不如开心过一生

目 录
C o n t e n t s

随 心 随 意 去 生 活

Go to live at random

散散步，看看花，是免费的

肆 ———————————————————— 197

懂得与放下，才是人生

目 录
Contents

所有烦恼，都有解药

除了我妻子林乐怡之外，蔡澜兄是我一生中结伴同游、行过最长旅途的人。他和我一起去过日本许多次，每一次都去不同的地方，去不同的旅舍食肆；我们结伴共游欧洲，从整个意大利北部直到巴黎，同游澳洲（粤语用语，指澳大利亚，后同）、新、马、泰国之余，再去北美，从温哥华到三藩市，再到拉斯维加斯，然后又去日本。最近又一起去了杭州。我们共同经历了漫长的旅途，因为我们互相享受做伴的乐趣，一起享受旅途中所遭遇的喜乐或不快。

蔡澜是一个真正潇洒的人。率真潇洒而能以轻松活泼的心态对待人生，尤其是对人生中的失落或不愉快遭遇处之泰然，若无其事，不但外表如此，而且是真正的不萦于怀，一笑置之。"置之"不大容易，要加上"一笑"，那是更加不容易了。他不抱怨食物不可口，不抱怨汽车太颠簸，不抱怨女导游太不美貌。他教我怎样喝最低劣辛辣的意大利土酒，怎样在新加坡大排档中吮吸牛骨髓，我会皱起眉头，他始终开怀大笑，所以他肯定比我潇洒得多。

我小时候读《世说新语》，对其中所记魏晋名流的潇洒言行不由得暗暗佩服，后来才感到他们矫揉造作。几年前用功细读魏晋正史，方知何曾、王衍、王戎、潘岳等这大批风流名士、乌衣子弟，其实猥琐龌龊得很，政治生涯和实际生活之卑鄙下流，与他们的漂亮谈吐适成对照。我现在年纪大了，世事经历多了，各种各样的人物也见得多了，真的潇洒，还是硬扮漂亮一见即知。我喜欢和蔡澜交友交往，不仅仅是由于他学识渊博、多才多艺，对我友谊深厚，更由于他一贯的潇洒自若。好像令狐冲、段誉、郭靖、乔峰，四个都是好人，然而我更喜欢和令狐冲大哥、段公子做朋友。

蔡澜见识广博，懂的很多，人情通达而善于为人着想，琴棋书画、酒色财气、吃喝嫖赌、文学电影，什么都懂。他不弹古琴、不下围棋、不作画、不嫖、不赌，但人生中各种玩意儿都懂其门道，于电影、诗词、书法、金石、饮食之道，更可说是第一流的通达。

他女友不少，但皆接之以礼，不逾友道。男友更多，三教九流，不拘一格。他说黄色笑话更是绝顶卓越，听来只觉其十分可笑而毫不猥亵，那也是很高明的艺术了。

　　过去，和他一起相对喝威士忌、抽香烟谈天，是生活中一大乐趣。自从我心脏病发之后，香烟不能抽了，烈酒也不能饮了，然而每逢宴席，仍喜欢坐在他旁边，一来习惯了，二来可以互相悄声说些席上旁人不中听的话，共引以为乐，三则可以闻到一些他所吸的香烟余气，稍过烟瘾。蔡澜交友虽广，不识他的人毕竟还是很多，如果读了我这篇短文心生仰慕，想享受一下听他谈话之乐，未必有机会坐在他身旁饮酒，那么读几本他写的随笔，所得也相差无几。

人生的路上，总要试试未尝过的东西。

壹

活着，就要尽兴一点

Go to live at random

我们一生下来就哭，

人生忧患识字始，

长大后不如意事十常八九，

只有玩，

才能得到心理平衡。

做自己喜欢的事，便是幸福

数年前常常到湾仔区的一家叫"陶斋"的小房子去。

"陶斋"的主人不姓陶，名字我从来没有问过，只知他的广东话讲得不好，听口音像是位上海人。

一进门，只见这间只有两百平方英尺的书房，四周搭着架子，架上一盒盒的恤衫长方盒和各种商标的鞋子盒。

线装书、古画、石章等各处扔，一切都是那么残旧和杂乱。

房子的心脏部位摆着一架最新型的复印机，像个穿越时光的机器。

在这里，你可以找到任何一种数据，不管是文学、经济还是艺术。主人看书极多，他将好的文章保留下来。每天又订了十几种报纸，每种两份，读完两边都可以剪下来，收藏在恤衫盒中。分多种种类，粘上题目以易寻找。

客人一有所求，陶斋主人即刻迅速地找出一大堆数据。

经挑选过后，他便拿到复印机去影印。

因为机器性能极好，影印出来的东西黑白分明、清楚和悦目。

每份数据收费一元（**本书币种多为港币**），主人说不算人工，本钱也要五毛，如果要求的分量一多，他自动地为客人打个八折。

房子的一角，摆着一张折起的睡床，可见主人也就生活在这小房间中。

我不知道他如何洗漱和放私人的东西，大概他一生也没有什么私人的东西，除了这一堆堆的书、画、石头和资料。

"陶斋"不知道是从什么时候开始存在的，听友人说，有几十年了。

这些年来"陶斋"给做学问的人贡献巨大，要找最偏门的人物的资料，随即翻到。有些论著能在书店中找寻，但是无法从头收集报章和杂志上的文章。

它的主人，如果没有这份浓厚的兴趣，也不会以此为生，做自己喜欢的事，又不用受气，实在令人羡慕。

可惜，在楼价高涨、租金昂贵的情形下，"陶斋"也随着消失。

最后一个独立者也不存在，可悲。

过自己想过的日子

《山居岁月》和续篇《恋恋山城》的作者彼得·梅尔对于写作，幽默地举例：

作家常以为他的经纪人爱他爱得不够，空白的稿纸是他的死对头，出版社是不守信用的小气鬼，书评家是他的大冤家，老婆不了解他，连酒保也不了解他。

银行放款部主管一看到，便即刻躲在桌底下，他知道文人不是低风险的借账对象。

作家需要做大量的资料搜索，外行人看来好像只要花五六个小时在图书馆中就完事，或者只要打六七通电话。但是在今天，作家提出的所有细节全部都应有事实根据，单凭想象和几笔地方色彩是不够的，读者要知道作家到过什么地方、做过什么事才能信服。

太普通的国家没人看，作家要做资料搜集，通常必须出现在一些最不堪过活、最危险的角落里，像贝鲁特或尼加拉瓜。

几个月很快地过去，虽然荒蛮地方生活费不高，但是来回的机票不便宜，再加上回国后在医院的身体检查，看看是不是得了怪病，这才是最贵的。

看起来作家好像万事俱备，可以开始动工了，但对着那一大沓空白的稿纸，他来回踱步，呆呆地瞪着窗外。最后，一个字也写不出来。

这叫"写作阻塞症"，或称为"写作痉挛症"，是作家两耳之间出现的痛苦症状，已经发生。

不知道别的作家怎么想，我是愿意无条件地挨下去，也不能适应舒舒服服但寄人篱下的办公室日子。开会时我注意力已退化，打领带会出麻疹，深深地厌恶公事包这件东西。

写作是折磨还是雅癖，我不清楚，但是我明明白白知道，作家的生涯就是过我想过的日子。

人生的路上，总要试试未尝过的东西

谈到抓蝉，想起很多年前我在京都和一个友人去捕蝉的事。

炎热的夏日，我们在杉林中散步，树身笔直，阳光经薄雾射下，构成一幅幅极优美的画面。

　　朋友走到长满羊齿植物的山边，拨开树叶，抓到他的第一只蝉。

　　把蝉装进一个布袋，继续往前走，蝉在里面大叫，鸣声引起左边右边的树上的蝉噪。

　　找到一棵不太大又不太小的树，友人拿着他带来的棒球棍子，大力往树干敲去。震动之下，噼噼啪啪，由树上掉下十几只巨蝉，有的还打中我的头。

　　朋友随即将它们装入袋中，一路上依样画葫芦，捕获了几十只，蝉在袋中大叫，我们的耳朵快要被震聋。

　　走到一片旷地，朋友蹲下起火，火势正好时，取出一管尖竹条，将那些蝉一只只活生生穿起来，放在火上烤。

　　阵阵的香味传来，我抓了一只细嚼，那种味道文字形容不出。人生的道上总要试试未尝过的东西。再灌几瓶清酒。蝉，比花生、薯片好吃得多。

原来人可以这么快乐

已经是旅行的世纪，交通发达，去什么地方都很方便，问题在于是不是说走就走。要是不走，一生什么地方也甭去。

最普通是拍张照片，证明到此一游，所以傻瓜相机卖得那么多，柯达和富士发达了，威（粤语词汇，意为显摆、炫耀）过一阵子，目前才担心被数码相机代替。

更普遍的是买些不管用的纪念品，纽约自由神像、悉尼树熊、伦敦火柴头御用兵，都是中国制造，你不想要，旅行团向导也会强迫你买几个回来。

还是吃的最实惠，新加坡猪肉干、槟城咸鱼、曼谷榴梿糕，吃完了不会变成废物。

就是不明白为什么只看风景，不接触当地人，不看人家是怎么活的。

风景有什么稀奇？当今电视机，要看什么地方有什么地方：巴黎铁塔、荷兰风车、埃及金字塔，看得不要再看，虽说亲自感受不同，但对一般游客，只是一张明信片。旅行，最好的土产品，应该是回忆。

　　我时常说是人，不是地方，遇到的人，才值得令你想起一个地方。如果交了一个朋友，怎么坏的地方，都会变好；遇上一个扒手，风景再美，印象不佳了。

　　对比我们贫穷的国家，我们应该感谢上苍，让我们活在乐土上；去了较我们文明发达的都市，我们应该争取那种自由的精神。

　　原来人可以这么活的！在印度，人们扭一团面，搭在壁炉上，一下子熟了胀起，就能吃了，比吃白米饭快得多了！

　　原来人可以这么死的！在墨西哥，人死得多，把死亡当成一个节日来庆祝，葬礼才放烟花。死，并不可怕。原来人可以这么快乐的！在西班牙，明天是明天的事，何必忧国忧民？下次旅行，带多点土产回来吧。

若没有花，我就要寂寞了

　　在花墟，何太太和陈宝珠小姐问我："你最喜欢哪种花？"

"牡丹。"我毫不犹豫。

当今的牡丹，都由荷兰运来，很大朵。粉红色的最普遍，也有鲜红的。

曾经一度在花墟看不到牡丹了。

"太贵。"花店老板说，"又不堪摆，两三天都开尽了，没人来买就那么白白浪费。"

人各有志，嗜好不同。我觉得花五块十块买六合彩也很贵，马季中下下注更是乱花钱，打游戏机打个一百两百，非我所好也。

一般买了五朵，当晚就怒放，粉红色的开得最快，能摆个两三天已经算好。但最懊恼的是其中两个花蕾一点动静也没有。我们南洋人称之为"鲁古"，已成为白痴的意思。

何太太和陈宝珠小姐买了一束，分手时送了给我，受宠若惊。她们选的是深红色的，近于紫的新品种，非常罕见。价钱比粉红色的还要贵。

回到家插进备前烧的花瓶中，当晚开了三朵，花瓣像丝绒，美不胜收。而且，到了半夜，发出一阵阵的幽香。

第二天，第三天，其他的那两个花蕾保持原状，是否又是鲁古了？

跑去花店询问，老板一向沉默寡言，伸出两指。

是过两天一定开的意思吧。到第四天开了一朵，第五天再开一朵，盛放的那前三朵已经凋谢，花瓣落满地板，不规则地，像抽象画，另一番美态。

临走时还记得花店老板的叮咛：把干剪掉一点。照办，果然见效，牡丹还有一个特点：别的花，插在水里，浸后枝干发出异味，只有牡丹是例外，百多块钱换来近一星期的欢乐，谁说贵了？请大家快点帮衬，不然花店不进口，我们又要寂寞了。

养一只可爱的宠物，是人生一大快乐

生活水平提高，大都市的人开始有余裕送花，花店开得通街皆是。

跟着来的流行玩意儿便是宠物！

猫狗的确惹人欢喜，深一层研究，也许是城市人寂寞吧。

狗听话，养狗的主人多数和狗的个性有点接近：顺从、温和、合群。

我对狗没有什么好印象。小时候家里养的长毛狗，有一天发起癫来，咬了我奶奶一口。从此我就讨厌狗，唯一能接受的是《花生漫画》里的史努比，它已经不是一条狗，是位多年的好友。

在邵氏工作的年代，宿舍对面住的传声爱养斗犬Bull Terrier（牛头梗），真没有看过比它们更难看的东西。

另外一位女明星爱养北京哈巴狗，它的脸又扁又平，下颚的牙齿突出，哪像狮子？为什么要美名为狮子狗？

旺角太平道上有家动物诊所，走过时看见女主人面色忧郁，心情沉重地抱着北京狗待诊，我心想：要是你的父母亲患病，是否同样担心？

楼下有个西人在庭院中养了一只狼狗，它日也吠夜也吠，而且叫声一点也不雄壮，见鬼般地哀鸣。有一晚我实在忍不住，用把气枪瞄准它的屁股开了一枪，它大叫三声，从此没那么吵了。

在巴黎、巴塞罗那散步，满街都是狗屎。但是，有时看到一个老人牵着一条狗的背影，也就了解和原谅它们的污秽。

"你再也不讨厌狗了吧？"朋友问，"它们到底是人类最好的朋友。"

我摇摇头："还是讨厌，爱的，只是黑白威士忌招牌上的那两只。"

猫倒是可爱的。

主要是它们独立自由奔放的个性。

猫不大理睬它的主人，好像主人是它养的。

回到家里，猫不像狗那样摇头摆尾前来欢迎。叫猫前来，它走开。等到放弃命令时，它却走过来依偎在脚边，表示知道你的存在，即刻心软，爱得它要生要死。

猫瞪大了眼睛看你，仔细观察它的瞳孔，千变万化，令人想大叫："你想些什么？你想些什么？"

在拍一部猫的电影的过程中，和猫混得很熟。有时猫闷了，找我玩，我就抓着它的脚，用支铅笔的橡胶擦头轻轻地敲它的脚底，很奇怪地，它的脚趾便会慢慢张开五趾上粉红的肉，打开之后，像一朵梅花。

要叫猫演戏是天下最难的事。

逐渐发现猫喜欢吃一种用莼菜的种子磨出的粉，在日本有出售，叫matatabi（木天蓼）。猫吃后像是醉酒，又像抽了大麻，飘飘欲仙。

拍完一个镜头，给猫吃一点当为报酬，但不能给它们多吃，多吃会上瘾。

不过，我还是不赞成养猫狗。

　　并非我不爱，只觉得不公平，猫狗与人类的寿命差别太远，我们一旦付出感情，它们比我们早死总是悲哀不能克己，我不想再有这种经验。

　　小孩子养宠物，增加他们的爱心，是件好事。但一定要清清楚楚地告诉他们，教他们认识死亡，否则他们的心灵受的损伤再难弥补。

　　大人的最佳宠物应该是情妇吧。

　　不是每一个人都养得起的，但是想想无妨，又不用钱。上选是个呼之即来，挥之即去的。既然只是想象，多来个金发的。

　　越想越狂，不如用架波音747，把她们载到南太平洋小岛上度假。

　　回到现实，还是谈主题宠物。如果一定要养的话，就养乌龟。

　　乌龟比人长命。

　　倪匡从前在金鱼档里买了一对巴西乌龟，像两个铜板，以为巴西种不会长大，养了几十年，竟成手掌般大小，而且尾部还长了长长的绿毛。

　　移民之前，倪匡把家里所有东西打包，货运寄出，看见这两只乌龟，不知怎么办才好。

　　"照道理，把它们放在手提行李，坐十几个小时飞机，也不会死的。"他说，"但是移民局查到麻烦。而且万一乌龟有什么三长两短，心里也不好过。"

我们打趣道："不如用淮山杞子把它们炖了，最好加几根冬虫草。"

倪匡走进房间找一把武士刀要来斩人。

我们笑着避开。

最后决定，由儿子倪震收留。

"每天要用鲜虾喂它们。"倪匡叮咛。

"冷冻的行不行？"倪震问。

"你这衰仔（粤语词汇，常用来骂自家孩子），几两虾又有多少钱？它们又吃得了多少？"

倪匡说完，又回房找武士刀。

倪震落荒而逃。

永远看不懂猫，才觉得神秘和可爱

弟弟的猫，样子并不十分可爱，而且杂种居多，和街边的野猫没什么两样。

为什么有这种结果？那三十只猫怎么停留在三十只，不变多呢？

原来有些马来朋友很爱猫，常来讨几只回家养，他们把样子好看的都弄去了，剩下来的只有弟弟和他太太觉得不错而已。

马来人不喜欢狗，猫是最普遍的宠物，甚至把一个城市也以猫称之，称为古晋。古晋人立了一只很大的招财猫当城市的标志。为什么不建马来猫而立日本猫呢？原来爱猫之人是不分国籍的，他们自己成立一个猫国，只要是喜欢猫的，都能成为国民。

有些朋友很怕猫，认为它们很邪恶，还是养狗好，狗对主人很忠实。我不喜欢狗的原因，是它们生得一副奴才相，整天伸舌头喊热热热，哼哼哈哈，没有猫的高贵。

猫的好处在于它是主人，你是奴隶。它要和你亲热时才来依偎你。不高兴起来，不瞅不睬，从来没把你放在眼里。

那三十只猫，弟弟一只只认出它们，都是因为每一只都有自己的个性。也并非每只都高高在上，有些很怕事，生活范围限于房内，从来不敢走出房门一步。

也有一只相当地蠢，养得肥肥胖胖，整天躺在你的脚下扮地毯给你践踏。要是家父在世的话就最喜欢这种猫，双脚踩在它身上，当然不是真正用力，猫儿舒服，觉得你在为它按摩，立场完全不同。

长大的猫，样子也许很凶，那是它们用眼睛直瞪你而引起的印象，小猫则永远可爱和调皮。

我们年纪大了，有时会看人，尤其是年轻人，可从眼神看到他们在想些什么。但是猫，永远看不懂，这是猫最神秘和可爱的地方。

猫儿的智慧，远比哲学家高

从前养猫，像我们那一代的父母生子女，都不是很严重的事，一下子就是一巢，大家会照顾自己，粗生粗养。

和当今的完全不一样，走过兽医诊所，从玻璃橱窗看到一个个人手抱一只猫，和父母进入紧急病房一样，担忧得半死，就觉得非常之滑稽。

为什么养宠物的人愈来愈多？皆因大都会中人与人之间的隔膜愈来愈深，互不信任，只有猫狗是最佳伴侣，也因为人类深感寂窠，像老来子女的远去，离婚的案子普遍，不生后代等等，都是主要原因。

养狗的多过养猫的，前者听话嘛，但一旦爱上猫的不瞅不睬，着迷程度比狗还厉害，就拼命想讨好对方，送的礼物一样比一样贵，产品便层出不穷，是一宗极大的生意，仅次于儿童的玩具。

就连名牌店也不放过，LV出的皮箱，印上该厂的标志，让主人提着猫儿到处去。这个箱子，四十公分大的要卖到港币一万五千八百元，五十公分的一万七千五百元，还有一直加价的趋势，用久了当古董，更值钱。

走进猫用品专门店，五花八门，目不暇接，唯有分区。在营养与保健那一块，就有奶粉、杂粮食品、营养补助机能食品饮料、牙齿洁白剂、猫草、体内驱虫剂、化毛膏，等等。

什么奥米茄3（omega-3）的美肤液、天然海藻矿物素、综合有机莓果、泌尿道保健营养膏、整肠酵母锭、亮眼泪腺口服液、深海鲑鱼油、鲜呼吸洁牙凝胶、好心情喷剂，还有猫的安眠药呢。

至于玩具，有猫智选战斗飞碟、躲猫猫城堡、聪明上手魔爪板、逗猫棒系列、电动足球、猫隧道、摇篮、海盗船、自滚运动球、拳击广场……

衣服更是不得了：格子洋服、露胸装、露背装、挡风背心、夏日T恤。有了衣物，便得配件，猫项链一样就可以开一家店来卖，猄皮的、鳄鱼皮的较为特别，当然可以镶钻石和珍珠，丰俭由人。

猫居之中，有本舍和别墅，超大型豪华猫跳台，两房一厕居所，四层楼的也有，但是很少看到有游泳池的，因为猫并不喜欢水。

生了小猫，当然要备摇篮，长大了有各种豪华沙发，可以拖拉的旅行箱车、爱心爆棚的背皮包，就是没有我背的猫用和尚袋。

清洁用品最为重要，洗毛精、护毛素、耳朵清洁液、速效抗过敏防虱喷剂、草本沐浴乳、牛奶浴、猫儿专用吹风机、马鬃毛刷、有机死海盐护毛焗油，猫香水更是不能缺少。

猫砂生意也有人做，没养过猫的不知道砂对猫是非常重要的。把砂撒在猫居中，等于人的家里铺上波斯地毯，专门的有舒压的、抗过敏用的。又分粗砂、细砂，也可用丝绵来代替砂。

说了那么多，还忘记了猫粮。猫粮不像狗粮那么粗糙，狗只吃饼干类的干粮，猫可择口，有新鲜吞拿鱼类的罐头，法国专家嘴刁猫（**一种法国猫粮品牌**）的美食，低热量的减肥餐。

不是每只猫都喜欢海鲜，肉类粮食就出现了，有的是用鸭肉和鹅肉做的，也有高龄猫吃的狮子头之类的软食物，幼猫吃的是鸡肉配天然蔬果。

法国和日本人争生意，以美食自豪的国家，各出奇谋，猫吃厌了？来一罐中国台湾口味的吧！美国人也不执输（粤语词汇，意为吃亏），大量生产汉堡形状的快餐。

不知道为什么，一想起喝，人类就把牛奶和猫拉在一起，我们喝的不够高级，猫儿专用奶品就此产生，比普通的要贵出数倍来，为什么？因为加了压抑猫性欲的药，让它们不那么大声叫春。

经济发达的社会，人的生活紧张，就出抗郁药、大麻等所谓的"娱乐性软性药品"来舒缓精神。这种享受，当然要分一点给心爱的猫儿，但它们对这些东西没有反应，猫最喜欢的，还是俗名猫草的木天蓼，英文名catnip，日本人称为matatabi的天然草本。

木天蓼的学名为 Nepeta cataria，是属于薄荷科的植物，原产于北美洲的高原沙漠，后来传到加拿大，再去到地中海，连亚洲也野生。

从15世纪开始，人类发现它有镇神功能，在亚洲的茶传到之前，用它冲来喝，在欧洲十分流行。

猫儿对它有敏感的反应，看见一堆木天蓼就会在上面打滚，咪咪叫，用腮来摩擦，做出喝醉酒的傻态，像伸长着手脚，仰头望着天花板，又会像追逐一个隐形的伴侣，有时眼睛半睁半闭，进入催眠状态，傻里傻气。

除此之外，对猫的身体是无害的，木天蓼的花朵部分药力最强，有猫儿鱼子酱之美名，结果时，果实可食，也是猫最喜爱的。但吃完之后不是每一只猫都有反应，和人类抽大麻一样。

七八十年前，大麻在东南亚随地野生，印度劳工辛苦一天之后吸几口，还是政府配给的，别说是非法了，后来看到嬉皮士们吸，美国又禁了，才开始大惊小怪起来。

猫儿的大麻应该没人管吧。是天然的东西，不给它们太多就是。所有猫礼物之中，是它最佳，你若爱猫，不妨买些给它们试试。看着猫儿，你会想起法国历史学家Hippolyte Taine（依波利特·泰纳，1828—1893）的话："我研究过不少哲学家和猫儿，猫儿的智慧，远比哲学家高。"

人生之中，一定要交几个朋友

一颗吸血僵尸般的虎牙，开始摇动，知道是我们离别的时候到了。

虽然万般可惜，但忍受不了每天吃东西时的痛楚，我决定找老朋友黎湛培医生拔除。近来我常到尖沙咀堪富利士道的恒生银行附近走动，看到我的人以为我是去找东西吃，不知道我造访的是牙医。

牙齿不断地洗，又抽烟又喝浓得像墨汁的普洱，不黑才怪。黎医生用的是一管喷射器，和以水喉（粤语词汇，指水管）洗车子一样，一下子就洗得干干净净，不消三分钟。如果一洗一小时，那么加起来浪费的时间就太多。

今天要久一点了，拔牙嘛。

做人，最恐怖和最痛苦的，莫过于拔牙。前一阵子还在报纸上看到一张图片，有个女的赤脚大夫，用一把修理房屋的铁钳替人拔牙，想起来发（粤语词汇，意为做了）几晚的噩梦。

老朋友了，什么都可以商量，我向黎医生说："先涂一点麻醉膏在打针的地方，行不行？"

"知道了，知道了。"黎医生笑着说。

过几分钟，好像有点效了，用舌头去顶一顶，没什么感觉。

还是不放心，再问："拔牙之前，你会给我开一开笑气的？"

"知道了，知道了。"

这种笑气，小时候看"三傻"短片时经常出现。向当今的年轻人提起，他们还不知道有这种东西。不过现在的牙医不太肯用，怕诊所内空气不流通的话，自己先给笑死。

一个口罩压在我鼻子上，听到吱吱的声音，接着便是一阵舒服无比的感觉，像在太空漫游，我开始微笑。

"拔掉了。"黎医生宣布。

什么？看到了那颗虎牙，才能相信。前后不到十分钟，打针和拔牙的过程像在记忆中删除。这个故事教训我们，人生之中，一定要交几个朋友，一个和尚或神父，还要一个好牙医。这样精神和肉体的痛苦，都能消除。

不自爱的人，没药医

"你长得有多高？"小朋友问。

"六英尺。"

"高人有什么好处？"

"好处数不出，坏处多的是。"

"举一个例子。"小朋友说。

"乘电梯的时候，遇到那些不知道多久没洗头的女人站在你前面，味道一阵阵传来，不是很好受的。"我说。

"男人也有很多不洗头，头皮屑满肩都是的呀！"小朋友抗议。

"是的，不管是男的还是女的，有头皮屑的话就不应该穿深颜色的衣服。"

"头皮屑是一种自然现象。"

"这也说得不错，少量的头皮屑，多洗，就没了。大量的头皮屑，是一种病。"

"怎么医？"

"每天洗呀，一天洗两次，一定洗干净。"我说，"买一把老人家用的篦，齿很密的那种东西，洗头之前刮几刮，也能去掉。药房有很多治头皮屑的产品，搽一搽。"

"还有没有其他方法？"

"旧时妈姐们用茶渣来洗头，也能消除头皮屑。山茶花油是专门对付头皮屑的，搽了之后头发更是柔软发亮。"我一口气地说。

"广告卖的一种什么肩什么头的洗发剂有没有效？"

"我没用过，从前听亦舒说愈洗头皮屑愈多，就没去试了。"

"你也有头皮屑吗？"

"有。到了冬天，天气干燥，新陈代谢，头皮屑就出来了，不过我们生长在南洋的孩子天天洗头，就看不到了。"我说。

"你对满肩头皮屑的仁兄什么看法？"

我懒洋洋地说："我认为他们不尊重别人，也不尊重自己。这叫不自爱，不自爱的人，没药医。"

有机器代劳的事情，就不去受罪

凡是将来有机器代劳的事物，我都不肯去学。小时候上几何代数课，我交白卷。

老师用尺在我头上敲，不知肿了多少包包，好在我没暴力倾向，不然一定会抢过木尺来打那个大肥婆一顿。

"为什么？为什么？为什么你不肯学？"胖老师严厉地责问。

我说："总有一天发明一个机器，什么都替你算出来。"

不久，计算尺就出现了。过了些年，计算器一按，更是一清二楚。

　　这也能解释我对中文打字的抗拒，什么仓颉，什么拼音注音，都是冤枉路，机器总会出现完美的声控，到时说什么言语，就出现什么文字，为什么要我去受训练过程的老罪？

　　但是科技的发展已不是计算尺那么慢了，计算机数据库的丰富知识令人感叹，不用太过可惜，非学计算机程序不可。但是回想起来，请个秘书操作不就行了吗？有谁应征，请来信。

　　笔还是最可靠的工具，用了几十年，这个老友不能抛弃。

　　基本分别出在文科和理科。我的个性、爱好都在前者。要是我是学机械或做会计的话，那么我一定会把数学基础搞好。

　　还有是时间问题，如果我是生活在外国，闲情多的话，乐得去学。现在在香港忙得连睡眠都不够了，要我学计算机，不如去欣赏芭蕾舞和歌剧的影碟。

　　这几天看旧西班牙电影《爱情嘉年华》和新的意大利片《一个快乐的传说》，更引起我学这两种语言的冲动。

　　不过，不久的将来，一定有个机器贴在喉咙，喊了一声love（*英语词汇，意为爱*），即刻有一个声音大叫amour（*法语词汇，意为爱*）。想至此，又作罢，其实都是自己懒惰的借口。

闲时散步看花，管他胖与瘦

　　一般，男人年轻的时候，都有一个莎士比亚所谓的"lean and hungry look"——消瘦又饥饿的样子。

　　不单样子，神态也表现出他们对未来的渴望和野心。亚历山大征服半个地球，也是这个时候，我还在干些什么？

　　一日又一日，一年复一年，在不知不觉的渐进之中，年轻人步入中年，又踏进初老，这时他们照照镜子，惊讶自己的肥胖。

　　古人总有一个解释，他们说："中年发福，好现象。"

　　的确，到了中年，还要消瘦又饥饿，太辛苦了。生活条件的好转，令体重增加，本属当然，但是大家不那么想，继续为自己的身形烦恼，永远和青春争一长短，明明知道这是一场打不胜的仗。

　　拼命运动。穷的去健身院，隔着玻璃窗给经过的人笑；有钱的打高尔夫球，给更有钱的看不起。

　　君不见电影上的迈克尔·凯恩（英国知名演员）、罗伯特·德尼罗（美国知名演员），不都是由消瘦又饥饿变为胖子一个？

　　不，不，你看肖恩·康纳利（英国知名演员），他的头虽秃，但还那么精壮。哈哈，那是天之骄子，有多少个？你看他当年演的

007，还不是消瘦得很？

男人是一种很有容忍力的动物，他们能够接受生活的压力、家人的唠叨、社会的不平，但就偏偏不接受自己的体形。

又老又胖的男人很失礼吗？那是信心问题，不以财富衡量。家庭清贫，但衣服干净，不蓬头垢面，黑西装上没有头皮屑，指甲修得整齐，是对自己的尊重，别人看见也舒服，与胖和瘦无关。

嫌自己又老又胖的男人，和一天到晚想去整容的女人一样可笑。闲时散散步，看看花，足矣。管他人的娘！

为了做成一件事，就要付出代价

一个认识过的人忽然有了新主意，说："约某某人出来吃个饭，叫他帮手！"

我在一边听了毛骨悚然。

请教于人，是好事，我并不反对。但是那轻飘飘的"约出来吃饭"，好像有随传随到的口吻，恐怖得很。

又非亲非故，人家为什么要让你请呢？

吃一顿饭，闲闲地花个两个半钟（**粤语词汇，意为两个半小时**），之前的沐浴换衣时间呢？好像人家没有饭吃，坐在家等待你这一餐。

抱着广交善缘的心理，我依然赴约。能把自己懂得的东西传授给别人，也是乐事，但是主人家迟到的经验告诉我，自己已经精疲力竭，再也没有条件进行夜夜笙歌的应酬。

友人有事，当然随时拔刀相助。一般会约在办公室中商讨，等待起来，也可以传传真，写写信，做一些未完的工作。

因为要写稿，中餐则到处钻，发掘一些餐厅来介绍。所以中午这段时间我很忙，而且试菜总不能拉几个朋友到处乱走呀。

晚上则希望能看看报纸、电视新闻，租张影碟欣赏电影，然后阅读一些新书。睡几个钟头，清晨起身写稿。一去陪别人吃饭，这个生活规律就会受到干扰。赶起稿来，压力甚重，就写不出好东西。

其实我由早上六点到十点这段时间最为空闲，什么都不想做，拔几朵白兰花放在口袋，就出去散步或逛菜市场。

"怎么老是约你不到？"友人说。

我回答："行呀，我明天早上七点钟在九龙城饮茶。"

"那么早？"朋友抱怨。

听后微笑，记得年轻时，为谈成一件事，在对方门口苦等一夜的情景。可惜当年没有狗仔队，要不然一定胜任。

名牌不重要，实用最要紧

年纪大了，只求实用，不跟流行。名牌不名牌，有什么要紧？

一件茄士咩（指羊绒）外套，穿个几十年，温暖得很，说什么也比几十斤重的万宝路夹克轻。

把尖头的意大利鞋子都丢掉，换上一双叫Ganter（甘特，德国著名鞋子品牌）的德国货，脚趾处宽大，愈走路愈舒服。一个化学胶外壳的Samsonite行李跟了我去过多少国家，送我什么LV我都不肯要。

从前还很考究穿双袖的恤衫，现在买到，也把袖子改成纽扣形，袖口针实在太过麻烦了。

裤子皮带当然再也不打，曾经一度用吊带，肚腩收缩得厉害。

如今连吊带也省了，最好买裤头有橡皮筋的那种。

生财工具，用起Montblanc墨水笔最优雅，有金雕的Pelikan Toledo也不错，但是写完稿双手沾满墨水的感觉并不好，用一管即写即干的Tradio（**日本Pentel品牌旗下的一款签字笔**），还是上选。

众人都以为鲍参肚翅最好吃的时候，我已改为芽菜炒豆卜。那一大碗翅，一吃就饱，也不觉美味。

蒸什么老鼠斑？我只爱鱼汁，用它捞白饭，天下绝品。

领带自己画了，省下不少。当年我见一条买一条，只要突出的就是。每条平均五百块，一年数十条，价钱也不菲。

鳄鱼皮包？我一看见就恶心。人家送我的，丢掉也不是，送年轻人，他们也不要，不知如何处置。那个和尚袋，有什么装什么，只是一张布做的，还不够轻吗？

友人徐胜鹤送他先父一只GP手表，老人家嫌名贵的皮带烦，换条廉价伸缩钢带。我现在也有这个毛病，所有的表都换上伸缩带，贵表收在保险箱中，从来不去看。手上戴的，是一个便宜的Ball表，黑暗中发起光来，比任何夜光表都亮，爱死它。

多学习多充实自己，才有未来

年轻人迷惘，用愤怒来遮掩他们的不安，是很正常的事。最美的，还带傲气："这个世界，属于我的！"

当你是活在天下尖顶上的时候，你就寂寞了、孤独了，怀了一点点的悲哀，这也是年轻人的本色。不过，当他们只知一味气死你、气死所有的人、气死自己的时候，你就会发现纯真的丧失。这个人，变成讨厌。

医不好的，这是没有自信的表现。他们做的第一件事，是先买个黑眼镜戴一戴。

他们的目光带轻蔑和阴毒，他们的言论无理取闹，他们的行为非常低俗。这是怎么造成的？都因为他们不肯上进、不肯努力、不肯吸收经验。本身极为平凡，被周围的人吹捧，没有胆量享受成就之故。

要成为一个永远的偶像，必须拥有纤细和敏感的个性。像詹姆斯·迪恩（美国知名演员），就是一个很好的例子。

詹姆斯·迪恩与众不同，虽然愤怒，但非常脆弱。我们都爱他，想保护他。他绝对不是一个流氓，也非野孩子，更不会用伤害别人的眼光来看世界。

无时无刻，詹姆斯·迪恩不在充实自己，他上"技法"学院，读斯坦尼斯拉夫斯基（俄国著名戏剧和表演理论家，代表作《演员的自我修养》）的理论，他学打鼓、摄影、雕塑，甚至牛仔怎么打一个绳结捕牛，也是他工作中需要了解的过程。

《巨人》这部电影中，他的角色是个穷小子，爱他的阿姨遗留了一块小小的地皮给他，他欣喜若狂，一步步踏着这块土地，在量它的面积，这都是农夫用的基本方法，詹姆斯·迪恩从细致的观察中吸收，放在戏里。

当今大多数年轻人，都不具备这些条件，像一个个被宠坏又长不大的儿童。书又不读，更无气质可言。从他们没有皱纹的面孔，已看到了他们垂垂老矣的未来，可怜得很。

平稳的人生，一定闷

咳个不停，找吴维昌医生看，他说顺便照一照心脏吧。

我的血压一向没有问题，但循例检查也好，定了养和医院。

登记后，走进一室，医生替我插一根管进手背上，以便注进些放射性的液体，方便查看X光片。不是很痛，忍受得了。

接着就是躺在床上，一个巨大的机器不断地在我四周转动拍摄。上一次检查是四年前，一个大铁筒，整个人送进去，声音大作，轰轰隆隆拍个不停。当今这一副没有声音，医生还开了电视，播放美景视频和禅味音乐。

愈看愈想睡，给医生叫醒："睡了就会动。"

真奇怪，睡觉怎么动呢？也只有乖乖听话，拼命睁开眼睛。

好歹二十分钟过了，心脏图照完，再到跑步房。

护士认得我，说四年前也做过这种检查，和八袋弟子一起做的，我还能跑，他就跑不动了。所谓跑，只是慢步而已，最初慢，后来加快。身上贴满了电线，心速显示在仪器里。

"你平时做不做运动的？"医生问。

我气喘吁吁回答："守着人生七字箴言。"

"什么箴言？"

"抽烟喝酒不运动。"我说。

医生和护士笑了出来，他们都很亲切，没有恐怖感，大家像在吃饭时开开玩笑。跑完步，又再照一次，两回比较，才能看出心脏有没有毛病，报告会送到吴医生处。

人老了，和机器一样要修，这是老生常谈，道理我也懂得。

问题在有没有好好地用它，仔细照顾，一旦娇生惯养，毛病更多。像跑车一般驾驶，又太容易残旧，但两者给我选择，还是选后面的，平稳的人生，一定闷。我受不了闷，是个性，个性是天生的，阻止也没有用，愈早投降愈好。到最后，还是命。

异想天开有时候不失为好事

一些时候，异想天开，不失为好事。从前父老常劝人别发白日梦，我喜欢的尽是这些事，早上也发，晚上也发。成熟了，就做去，好过不做。

现在在摸索的主意，是开家厨艺学校。

香港是美食天堂，足够条件经营一家。

中菜我们最拿手了，雇个名厨当教授，请国内大师傅前来客座讲学，有计划地设计课程，读将起来，比什么计算机学校有趣得多。

西餐更不成问题，在香港吃到的，的确已有国际水平；再加上交通的方便，由各国云集而来的西厨之中，选些顶级人物教导，轻而易举。

日本大师傅在香港谋生的不少，哪一家最好，有目共睹。如果他们肯受聘于大机构当主厨，教授的薪金都不会少过现有的收入。而且日本人好面子，即使同样酬劳，他们也会选择教学。

学生们要受整整两年的严格训练，但可以省掉日本人教的洗碗和清洁洗手间的过程。从认识食物材料到刀法再到烹调，按部就班地，中、西、日三科，每天八小时的学习，二十四个月之后，保管成为一级大师。

学校是新开的，有了手艺，但不受世界各国的承认，也是枉然。

可以从联校做起，请法国、日本、瑞士的名校参加，成为它们的支校（粤语词汇，意为分校）。这些学府，学一课程，毕业之后，已是抢手的大厨，何况我们的学校是集大成的！

各国餐厅，只会越开越多，最大烦恼，是找不到厨子。现在医生、律师、计算机操作员已经过剩，天下父母，要是思想开通，让儿女来这家学校学习，至少是一技傍身，永远不必担心他们有一天会饿死。

厨艺学校更可设立享受短期课程。集中世界各大城市的著名餐馆、餐牌和酒牌，学生修过之后，到任何一地，都能应对自如。别以为有钱人就懂得叫菜，乡巴佬居多。这种课程，最适合暴发户了。所以虽是短期，收费特贵，用来补助一些有才华的贫苦学生当奖学金。

另设家庭主妇班，可让妇女们不定期前来旁听，至少学会煲汤，减少丈夫养二奶的机会。

供游客的一个星期速成班亦兼备，在短短七天之内，教会几种自己喜爱的餸菜（粤语词语，意为下饭菜），中、西、日自选。

校园中每天早、午、晚都有大型的聚餐会，欢迎外界客人，等于是去了一家出名的餐厅，由教授们各自提供拿手的菜，让学生当助手实地学习。每天限额收多少名人客，要预先订位才能享受到教授们的手艺。

吃完了晚饭，还有大型舞会，附属课程是社交活动，教导大家怎么去应付高官贵人，应该有什么礼貌，怎么先开口更好，穿哪一种适当的衣服，为大家出席大场面做一铺路。

更设有餐酒进口牌照，以公道的价钱贩卖顶级的红酒白酒。由法国开始，选六个著名产酒的国家，每天尝试不同的葡萄园佳酿，一周循环下来再一周，让学生们熟悉所有的产品，成为专家。

到了星期日，这个礼拜是日本清酒，下个周日是希腊的乌苏、墨西哥的特奇拉、苏俄的伏特加、中国的茅台，等等。原则上，最贵的名牌价钱适中，但品位十足的超值货，都能有一个清楚的印象。

食疗课程也是必备的，请来的教授并非什么营养学医生，而是顺德的妈姐（指女佣），白衣黑裤梳长辫的女子，教学生如何看主人的面色。并非低声下气，而是嘴唇干了，应煲什么汤来滋养。

老人家的食谱应该怎么编排，亦是一大学问。另类课程供给有孝心的儿女子孙。学过之后，保管家中爷爷奶奶每天不吃同样东西。

校园中更开设一个高级的菜市场，集中世界各国最新鲜的材料，法国鹅肝、伊朗鱼子、日本金枪、意大利白菌，再由中国内地空运种种山珍海味，成为天下老饕必游之地，对中国香港的旅游业不无帮助。

学校每一个星期主办一次厨艺大赛，东方对西方，打个落花流水，热闹非凡。和电视台签订好一张合同，拍摄成一个小时的节目，卖到世界各地去。

推广出去，1997年之后由内地来报名的学生已经满额，收五千名学生不是问题。平均每个学生收港币两千元一个月，乘起来就是一千万的入账，一年一亿两千万，经费足够来打动世界十大名厨前来当校长。

最过瘾的是这家学校不问学历，小学生、中学生甚至不识字的都能参加。当教授的妈姐本身已是文盲，学生们为什么要有文凭？

越想越好玩，这未必只是一场梦，自己不能实现，由别人去创立好了，反正我的想象力是取之不尽的。有这种学校，我宁愿去当学生。

这种事，本来最好是由政府去主办，要是他们肯做，地方绝对找得到。是时建宿舍、盖酒店都行。最可惜的，是各地的政府都没有勇气。

有了精神上的储蓄，做人才做得美满

"享受人生的快乐，由牺牲一点点健康开始。"尊·休斯敦说。

这个人放纵地过活，但是八十多岁才死。所谓的牺牲一点点的健康，并非一个致命的代价。

大家都知道自由的可贵，但是大家都用"健康"这两个字来束缚自己。

看到举重的大只佬，的确健康，不过这个做运动的人总不能老做下去。年龄一大，自然缓慢下来。到时他那坚硬的肌肉开始松懈，人就发胖。为了防止这些情形发生，他要不断地健身。试想看到一个七老八老的人全身还是那么一块块的肌肉，和隆胸的妇女有什么两样？

又有个朋友买了一栋有公共游泳池的公寓，天天游，结果患了风湿。

注重健康，说得难听一点，就是怕死。

烟不抽，酒不喝，什么大鱼大肉，一听到就摇头。

好，谁能担保不会有个人，二十多岁就患肺动脉血压高？哪一人够胆说自己绝对不会遇上空难、车祸、火灾、水患和高空掷物？

想到这里，更是怕死。

怎么办？唯有求神拜佛了。

迷信其实不用破除。信仰是种药，来保持人类思想的健康。

思想的健康比肉体的健康更加重要。

一个人如果多旅行、多阅读、多经历人生的一切，就不当死是怎么一回事儿了，这个人绝对在思想上是健康的。

思想健康的人一定长寿，你看那些画家、书法家、作曲家，老的比短命的多。

当然不单单是指做艺术工作的人，凡是思想健康的，不管他们出的是好主意还是坏主意，都死不了。你没有看到中国的那几个抽烟的老人皇帝吗？

总认为人类身体上有一个自动的刹车器，有什么大毛病之前，一定先感到不舒服。如果你精神上健康，一不舒服就不干，便不会因为过度纵欲而病倒。

喝酒喝死的人，会是因为精神不正常，像古龙那样的人，明明知道再喝就完蛋，但是还是要喝下去，也许是他认为自己是大侠，也可能是活够了，觉得这个世界没有什么鸟事是新鲜的了。

吃东西吃死的例子倒是不少。

什么胆固醇，从前哪里听过？还不是照样活下去。

也许有人会辩论说那是因为几十年前，社会还是困苦，人没有吃得那么好，所以不怕胆固醇过多。精神健康的人也不会和他们争执，你怕胆固醇，我不怕胆固醇就是了。近来已经有医学家研究出胆固醇也有好的胆固醇和坏的胆固醇，我们只要认为所有吃下去的东西都是好的胆固醇，不亦乐乎？那些怕胆固醇的人，失去尝试到好胆固醇的享受，笨蛋。

略微对暴食暴饮有节制，不是因为不想放纵，而是太肥太胖，毕竟是不美丽的。

科学越发达，对人类的精神越是伤害，现在的医学报告已达到污染的程度。

最近研究出喝牛奶对身体无益，打破了牛奶的神话。当然早就说吃咸鱼会致癌，好，就不吃咸鱼。又听到鸡蛋有太多的蛋白质。什么吃肉只能吃白肉而不吃红肉等等，唉，大家不知道吃什么才好。

吃斋最有益，最安全，最健康了。吃斋，吃斋。

你以为呢？蔬菜上有农药，吃多了照样生癌！

医学家建议你吃生果、水果之前洗得干干净净。心理上有毛病的人，把它们都洗烂了才够胆去吃。有些医生还离谱到叫你用洗洁精洗蔬菜和水果，体内积了洗洁精也患癌，洗洁精用什么其他精才能洗得脱？

已经证明维生素过多对身体不好。头痛丸有些含了毒素，某种泻药吃了会大脖子，镇静剂安眠药更是不用说了，吃了之后和鸦片海洛因没有分别。

算了，吃中药最好，中药性温和，即使没有用也不会有害，人参、燕窝比黄金更贵，大家拼命进补。但是有许多例子，是因为进补过头，病后死不了，当植物人当了好几年还不肯断气。

植物人最难判断的是到底他们还有没有思想。如果有的话，那么他们一定在想，早知道这样，不如吃肥猪肉，吃到哽死算了。

肉体健康而思想不健康的人，就会出禁这个禁那个的馊主意。这些人终究会失败，和美国禁酒失败一样。现在流行禁烟了。人类要有决定自己生死的自由，才是最高的法治，虽说二手烟能致命，但有多少例子可举？

制造戒律的人，都患上思想癌症，越染越深，致使"想做就做"的广告也要禁止放映，是多么可怕。

烟、酒和性，不单是肉体的享受，也是精神上的享受，有了精神上的储蓄，做人才做得美满。

让你在身体上有个一百巴仙（**东南亚一带的华人用语，意为百分之**）的健康吧，让你活到一百岁吧，让你安安稳稳地坐在摇椅上，望向远处吧！但是脑袋一片空白，一点美好的回忆都没有，这不叫健康，这叫惩罚。

快点把那本劳什子的Fit for Life（《健康生活》）丢进字纸篓去！

人生的乐趣，从一点点小的罪恶开始

袅袅，与你携手，望你缭绕上升，消于无形，吸一口，经全身而喷出，此种享受，非爱烟者不解。

今天通过法案，禁烟区范围扩大，暂时不能在公众地方与你亲热，但在小书房中是我俩天地，愿你永远与我做伴。

自从在电视上看不见你，少了许多热闹气氛。好笑的是，爱你的人有增无减。吾等顺民，照样拥护，袅袅，不知道你看过自己的族谱吗？

早在公元前1000年，危地马拉出土的陶瓶中，已画着一个吸着长条烟卷的人像。

当哥伦布发现美洲，看到土人抽烟斗时，惊讶得很。烟叶文化，早已存在，红番用来商谈，不再打仗了，大家坐下来抽口烟吧。一开始，你的个性就那么和平的。

所谓的文明人认识了你之后，即刻把你搬回老家种植，法国始于1556年，葡萄牙始于1558年，西班牙始于1559年。英国人最后，到1565年才学会培养。

跟着移民到美洲的人把欧洲的新科技倒流，在弗吉利亚州、肯塔基州、田纳西州等地方大量种植烟草，弄到供过于求。

起初你的臣子都是用烟斗来抽烟，后来学会把一片质料最高最薄的烟叶包裹起来，变成了雪茄，但只是高官贵人才抽得起的。

对不起得很，香烟的发明，却要靠一群乞丐。当年在西班牙的塞维亚，穷人把雪茄头拾起来，用碎纸包来抽，流传到意大利、葡萄牙和俄国去。

英国人始终喜欢抽维吉尼亚系统，美国人相反地掺入土耳其烟。从此，世界上也分成这两大类。前者的代表品牌是555、牙力克、罗芙曼等，后者为好彩、骆驼、万宝路等。

从13岁开始，我们几个同学已经在学校的后山偷偷与你邂逅。

同学们最先抽的是领事牌的薄荷烟，绿色纸盒的十支装，我不喜欢维吉尼亚系统的臭青味，常偷妈妈的好彩来抽，才过瘾。

如厕时吸一支，清新空气。越抽越多，晚上看《三国》《水浒》时也要抽，才肯睡。

烟灰缸塞满烟头，将之藏在床底，温柔体贴的奶妈第二天将烟蒂倒个干净，再放回原位，从来没有出卖过我。

我们看黑白旧片，你已是明星，堪富利·保加烟不离嘴，偶尔，他连点两支，把一支递给女伴的朱唇。

贝蒂·戴维丝、钟·歌罗馥的抽烟姿态更是优美。有时刚强起来，一口烟喷在暴发户脸上，不屑地离去。

我们还听到你的许多传说，如替人点烟的，绝对不连点三根，因为在远方的敌人狙击手，看第一次点火举枪，第二次点火来不及瞄准，第三次点火必会中的故事，所以只点两根烟的规则，遵守到现在。与你做伴，在当年，是自由的，是奔放的，是毫无挂虑的，是好玩的，是时尚的。

直到1950年，你的厄运出现了，抽烟致癌已被证实，反对你的运动产生，商人们即刻制造出滤嘴香烟来挡灾，但是伤害已造成，这股热力将越来越强。

当年的吸烟是摩登，现在禁烟变成时髦，大家像学穿迷你裙那样反抽烟，由美国的一群嫁不出去的八婆向你发起围剿。这里禁，那里禁，其他国家的八婆也跟风，和她们有裙带关系的那些吃软饭的男子也乖乖地听话，加入战团。

中国国内航线不准抽，两小时以上的国外飞机也禁烟，发展到去澳洲的八个钟头夜航也要离开你。

但是请你放心，我会呼吁同好别忘记了你的两位姐妹：鼻烟和嚼烟。

那么多花样，那么精美的鼻烟壶，不是拿来当古董，是要实用的。

长途飞机上，禁烟场所中，闻鼻烟是个乐趣，挑出一小匙，搓一搓，吸入，一股透肺的清凉，那种滋味……唉，唉，原谅我花心。

我吸过上等的鼻烟，绝不呛喉，无比的浓郁，久久不散。翌日起床，深深呼吸，又是一番回味。

优质鼻烟，数十年前已是比金子还贵，现在在嚤啰街也许可以找到少许，分量不多，多也不会吸穷的。

一般的鼻烟，在欧洲的各大城市都能购入，西班牙产的，质量较佳。

嚼烟好坏差距不大，烟草中还加了蜜糖、豆蔻、肉桂等香料，非常可口。最普遍的是美国制造的，价钱相当便宜。

到外国，我一定准备鼻烟和嚼烟，他们禁他们的，与我无关。

还有一种一小包一小包的含烟，夹在牙齿和口腔肉之中，自然顶瘾（粤语词汇，意为过瘾），这也是美国产的，棒球选手最爱用。

烟斗、雪茄、香烟、鼻烟、嚼烟、含烟，没有一样是对身体有益的。

但是，想起来，袅袅，你我相处数十年，何以忍心一旦相弃？

看见辛苦了一天的乡下人，晚上休息之前来一口竹筒水烟，是那么的欢慰（粤语词汇，意为快乐和欣慰）！在城市森林的我，体力消耗不及他，工作上的压力，还不是一样？

抽烟致癌，没试过的年轻人我不鼓励他们去碰你。孤寂的长者，抽完烟后的安详，岂是别的东西能够代替？

记得有位智者说过："人生的乐趣，从一点点小的罪恶开始。"

袅袅，你是个坏女人，玩多了会伤身。我知道，但让我长远地依偎于你怀抱，不愿醒。

天下最难过的事，莫过于陪朋友上卡拉OK

天下最难过的事，莫过于陪朋友上卡拉OK。

我并不反对卡拉OK，我只是极讨厌那些唱得难听的人。

有时也和美女同往卡拉OK，一听到她们打开金口，杀鸡杀鸭，即刻倒胃口，从此老死不相往来。

二十多年前，当日本开始创造卡拉OK的时候，第一个反应便是由哪里产生这古怪名字。

友人解释："卡拉，汉字写为'空'，空手道的Karate也是用卡拉发音；OK，是把英文的管弦乐队orchesta后半截省却掉了。"

起初只有几首流行乐曲的录音带，由喇叭箱播出，"空乐队"这个名字也的确切题。

当晚喝醉，和朋友大唱卡拉OK。醒来之后，自己那怪声犹然绕耳，马上发誓，从此再不扰人清梦。

返港，对朋友说："有一天，卡拉OK一定会在这里大行其道。"

周围的人都摇头："东洋鬼子脸皮厚，他们又有酒后高歌的习惯，所以日本流行。我们不同，我们怕丢脸，我们怕给人家笑话，怎可以当众现丑？而且，我们是一个把感情收藏起来的民族。卡拉OK，在我们这里，难以立足。不相信的话，以后你就知道。"

过去的十年多，卡拉OK偶尔出现，但不成气候，我有点怀疑是否给友人言中。

但是，我的理论是：对，我们必丢脸。不过卡拉OK的背后，是一种发泄的心理，也是一种最原始的自我表现方式，对于没有自信心的人，也许，这是唯一的方式。

卡拉OK的热潮，低沉了一阵子，跟着之后，科技的发明、激光碟的生产，令卡拉OK除了有画面之外，还在荧屏出现歌词，人们不必一面看歌词一面唱，第二阵的卡拉OK热潮又出现。

这一回有如洪水猛兽，再也抵挡不住，东南亚的卡拉OK林立，现在连欧美也卷起了狂潮。

事情最怕没有人带头，唱得多难听已经不重要了，总之大家都唱，怕羞的人先躲在浴室中训练一下，发觉自己也有点天分，也就纷纷登场。

人一有钱，用什么方法去告诉人家呢？

先买个金劳，再去购入一辆奔驰。

所以，这两种商品永远有市场。

如果你是一个平凡的人，歌唱得好，即刻能够表现自己。

卡拉OK和金劳奔驰的存在，同一道理。

本来，唱唱歌，舒畅一下感情，是件好事。记不记得年轻时参加营火会，合唱一曲？

长途汽车旅行，唱歌更能解闷，由冰·歌罗士比、蓓提培芝、猫王、汤姆－琼斯、披头士、白潘、尊尼雷，一直唱到麦当娜、迈克尔·杰克逊，一唱数小时，目的地已到达。

曾经有过伴奏的三人乐队，一个弹吉他，一个吹喇叭，一个打鼓，这队人由一个酒吧唱到另一个酒吧，像吉卜赛人一样流浪，日本人称之为"流Nagashi"。这种风俗后来也传到中国台湾,现在到北投旅馆去还有。他们也在扮演卡拉OK的角色。

卡拉OK的祖先,是黑白电影之前加插的三分钟短片,由桃丽丝黛等人主唱什么《月夜湾上》的,银幕出现优美的画面,下边有句歌词:我们出航,月夜湾上,听到歌声,像是在说,你已经破碎了我的心……歌词上有个小乒乓球,唱到哪里跳到哪里,有时歌声拉长,乒乓小白球就在字句与字句之间,震震震,再跳到下句,戏院中观众随曲合唱,气氛融洽。

现在的卡拉OK不同,歌者抓紧麦克风,像怕被剥夺赢得新秀的机会,死也不肯放手。

起先还听别人唱几句,后来已经是你唱你的,我唱我的。人与人之间已经没有沟通,和在迪斯科跳舞一样,男女不再有任何接触,这是多么悲哀的事!

别小看卡拉OK的生意,要是你开一家一共有五十间房的,每间房的收入平均一小时算为五百块,加上十二小时的营业,五十乘五百乘十二。一共有三十万生意,一个月就是九百万了。

怪不得大家都去开卡拉OK,连餐厅夜总会也来抢生意,在房间里面安装了种种日新月异的方便设备,任挑选喜欢唱的歌曲,舞女、侍应、Captain(指领班),都要会唱歌,好像麻将馆的打手，随时应战。

有些国家在公众场所已禁烟，香港的餐厅能得免，但也逃不过卡拉OK，你不唱，隔壁唱，照样难听。韩国已经流行在的士中也装了卡拉OK。卡拉OK的魔掌，无孔不入。

到时，殡仪馆也一定有卡拉OK，人们守夜，大唱特唱，唱的是《明天会更好》。

唱得难听，死人再也忍耐不住，由棺材爬起，抢了麦克风，大唱《你知道我在等你吗》。

天下最好的恤衫，既干净也挺直

衬衫，又叫恤衫，样子很端庄；领子、袖口、中间整齐的一排纽扣，最滑稽的是在不穿裤子的时候看上去，前面两片翼，后面圆圆的一大块废布，样子古怪得很。

当然也不能全说是没有作用，它是做来防止恤衫由裤子里拉出来。可是老人家不懂这个道理，所以看粤语残片（指20世纪40年代至70年代制作的粤语长篇电影）的时候，就有母亲用剪刀剪下来当手帕的场面出现，现在想起来真好笑。

20世纪60年代的民生穷困时期，恤衫料子真差，领子和袖口永远皱皱的，怎么烫也烫不直。当年要是拥有一件"雅路Arrow恤"，已经当宝了。

不过外来货的恤衫不是领子太大就是袖口太长，要买到一件合身的可真不容易，胖子、矮子更不必梦想。

大家唯有定做恤衫了。那时候手工便宜，定做就定做，没什么了不起。现在呀，连工带料，做一件不上千不算上等货，定制恤衫，已是种奢侈了。

目前现买的又便宜又好，一件七八十块的可穿两三年不坏，同样的恤衫，在口袋边绣上个名牌的假货，就要卖一百二十。

一百二十块的也不一定是假的，同样的料子，同样的手工，外国名牌在香港大量生产，拿到外国去，就要卖一千多块，贵个十倍。

名牌的追求，由上述的"雅路恤"开始，进步一点，就是"曼哈顿"了。

但是，时装方面美国人总打不过欧洲。生活水平一提高，人们都争买"皮尔·卡丹"。

　　"卡丹"这个厂本来蛮吃得开，后来什么东西都出，连香槟也安上这个名牌。货品大受欢迎之后，开始在内地大量生产，便不值钱了。

　　目前所有名牌都出恤衫，"仙奴""丽娜·李奇""路易威登""Polo"，等等，数之不清。但并不是每个名牌的贵恤衫都好穿，像"登喜路"，他们虽然西装做得很好，恤衫却一塌糊涂，领子袖口洗后变形，又回到皱皱的时代，刚刚学穿的那一件的样子。

　　自古以来，恤衫的变化并不大，最多是领子，长的、短的、纽扣的。

　　有一阵子，为了防止领子皱，还在领尖里面插了两枝塑料签枝，相信还有些读者记得。

　　考究的时候，领尖各有一个小洞，可用一管金属的领口针穿起来，但是这种设计现代人嫌麻烦，已经被淘汰。

　　配"踢死兔"的恤衫最为腌尖（**粤语词汇，意为挑剔**），领子尖尖地翘着。

　　"到底领花是应该结在领尖的前面还是后面呢？"这是一个大家都在讨论的问题。

　　八卦周刊常刊登什么ball（**舞会**）中的什么什么所谓的公子穿着"踢死兔"，有的把领花将领尖压得扁扁的结在前面，有的把领尖弄成两个三角形遮住领花，谁对谁错？

都错。

领花应该独立地结着，而领尖应该略略弯弯地翘在领花的前面。这个弯，大有学问，弯得不好，便是一片三角贴在颈项上。所以，要完美地弄一个角度，须用一块薄如刀片的小熨斗，烘热了以后慢慢地把领子烫成一个理想的角度，才合标准。

纽扣当然不能用普通的，金属和钻石的纽扣太过俗气，金属底黑石面的较佳。有套古董"登喜路"的纽扣，袖纽是两个袖珍的表，还算过得去。

恤衫的料子也占重要位置。

最普通的是棉制的，本来不错，但不及丝那么轻柔地抚摸着你的肌肤。

丝制恤衫很贵，也很难烫得直，混合丝比较容易处理，但已廉价得多。

最高境界是穿麻。中国人以为戴孝才穿麻，西方人才比较会欣赏。没有一种料子比麻的感觉更好更舒服，一旦学会穿麻的恤衫，就上瘾，其他料子都不肯穿了。

麻易皱，可买同样大小颜色两件，上午和下午换来穿，才算得上考究。

至于"的确良"，唉，别提了，一流汗便像膏药一样地贴住身体。混合了腋下狐臭，哎呀呀，我的妈，三英尺之内，熏死人。

话说回来，什么恤衫都好，二三十块一件，穿在有自信心的人的身上，和三四千块一件的没有什么不同。

天下最好的恤衫，是一件干净和挺直的恤衫。

有颜色的恤衫要和西装及领带衬色才行，不然干脆穿白恤衫。

白恤衫最大的敌人是女人的口红。

请别尝试用牙刷涂牙膏去刷，绝对无效。

唯一办法是挨到天亮铺子开后买一件新的同牌货更换，恤衫领子上的口红，是永远永远洗不掉的。

也许可以将恐惧化为生财之道，设计一件印有女人口红的恤衫，赚个满钵，一乐也。

穿自己喜欢的衣服，是最低的人生自由

遇到一个认识过的人。

"好久不见。"我打招呼。

"我倒常看到你。"他说，"你穿着拖鞋和短裤，在旺角跑。"

去菜市场买菜，穿西装打领带，不是发疯了吗？

衣着这问题，最主要的还是看场合。更要紧的，是舒不舒服。

在夏天，洗完澡后，我最喜欢穿一件印度的丝麻衬衣。这件东西又宽又大，又薄又凉，贴着肌肤摩擦的感觉，说不出地愉快。第一次穿过后，我便向自己发誓，在自由自在的环境下，热天穿的衣服不能超过二两。

见人、做事时，服装并非为了排场。整齐，总是一种礼貌，这是我遵守的。我的西装没有多少套，也不跟流行，料子倒不能太差，要不然穿几次就不像样，哪里能够一年复一年？

衬衫、领带的颜色常换，就可以给人一种新鲜的感觉。那几套东西穿来穿去都不会看厌的。

对流行不在意的时候，那么大减价的衣服只要质地好，不妨购买。价钱绝对比时髦者便宜。

跟不跟得上潮流不在乎的时候，买东西便能更客观，更有选择。

贵一点的领带是因为料子好，而且不是大量生产。便宜的打几次就变成咸菜油炸粿，到头来还是不合算的。那么多花样的领带怎么去挑选呢？答案很简单，一见钟情的就是最理想的。走进领带部门，第一眼就把你打昏的领带千万不要放过。如果一大堆中挑不到一条喜欢的，那么还是省下吧。

总之，不管穿西装也好，穿牛仔裤也好，穿自己要穿的，不是穿别人要你穿的。这是人生最低的自由要求。

穿衣服就要穿得快活逍遥

小时候穿开裆裤，随时就地解决，快活逍遥。唯一缺点是给蚊子叮，还有鹅子鸭子看见了也不放过，追上来当虫啄，简直是噩梦。

到幼儿园便得穿短裤子。母亲还是不肯给你做条底裤，蹲下来由裤裆露出一小截，不太文雅，但是又何必在乎？

第一次穿底裤便以为自己已经是大人，骄傲得很。最初的底裤是件孖烟囱（粤语词汇，指男士平角内裤），穿了起来，小弟弟不知道应该放在左边还是右边，迷惑了好一阵子。

开始有紧束的冒牌Jockey三角裤时，已知道梦遗是怎么一回事儿，朋友叫它画地图。小伙子精力充沛，画起来是五大洲，但觉难为情，半夜起身，把弄湿的底裤掷在床底下，继续稀里糊涂睡去。

第二天醒来，记起窘事，想偷偷地拿去洗。一看，哎呀呀！惹了一群蚂蚁。大胆狂徒，竟然前来吃我子孙，立刻捕杀。

念到初中，学校里的制服难看死了，逃学到戏院之前，先进洗手间换条新款长裤，看电影时更当自己是男主角，不可一世。

当年穿的是模仿猫王的窄筒裤，买的都不合身，多数嫌太宽，只有求助裁缝师傅，指定要包着大腿，一英寸也不多不少，穿了上来也不怎样像皮士礼（**指猫王**），至少裤裆中那团东西没人家那么大。

料子是原子丝的确良，拍起照片来亮晶晶反射，下半身像外星人。

原先在裤裆外有四颗纽扣，后来改为拉链，刚穿时不习惯，小解后大力一拉，夹住了几根毛，或者顶尖上的一小块皮，痛得涕泪直流，大喊妈妈。

跟着讲究叠纹。老古董裤子一共有四条折，叠纹是向内折的。新款一点的向外折，而且已经改为两条叠纹。最流行的还是学美军制服的，一条叠纹都不用。左边的裤耳下有个小袋子，已经不是用来装袋表，学会交女朋友之后，袋中可装另外一个橡皮袋，真是实用。

皮带渐渐地消失，用的人很少，但裤子照样有五个裤耳，不穿皮带时露在外面，一点用处也没有。裤扣多出一条长布条，穿皮带时盖住，也一点用处也没有。

裤脚是折上的，经常有沙石掉到里面去，有时不见了一个五毛硬币，也偶然在折叠处找得回来。人们嫌麻烦，裁缝师大刀一剪，裤脚平了。以为追得上时代，哪知古董时装杂志上早就有平裤脚出现过。

喇叭裤是20世纪70年代的宠物，裤脚越来越阔。但是名牌货给某些人糟蹋掉，穿上之后觉得太长，喇叭裤子的裤脚被剪，变成不喇叭。

裤脚变本加厉地阔，阔到盖住鞋子，配合上四英寸的高跟鞋，矮子们有福了。可惜这款裤子只流行一两年，又被打回原形。

最不跟时代改变的只有牛仔裤。大家都穿牛仔裤，穿到现在还是乐此不疲。但是牛仔裤不是人人穿得，要有一点点的屁股才行。梁家辉穿起来好看，其他平屁股的男人穿了就不像样。

牛仔裤最好配衬皮靴，像詹姆斯·迪恩穿的那种，帅得不得了。试想穿上普通皮鞋或是运动鞋，跷起脚来露出一截白袜子，是多么煞风景的事。

你一条我一条的牛仔裤，大家一样，就成了制服。人们求变，在牛仔裤上绣起花来，又钉上亮晶的铁片，或者贴上一块黄颜色的圆皮，画着一张笑嘻嘻的漫画。有些人更把裤脚撕成线，走起路来有两团东西在跳草裙舞。

这一时期，香港人钱赚得最多。全球60%的牛仔裤都是Made in Hong Kong（香港制造）。

法国人意大利人看得眼红。生意都被你们这些细眼睛的黄种人抢光，那还得了！他们绞尽脑汁，结果给他们想通了，利用雅皮士爱名牌的心理，他们生产了皮尔·卡丹牛仔裤、仙奴牛仔裤、迪奥牛仔裤。

香港怎么办？也没什么大不了，名牌货还不是照样在香港大量生产？而且香港人照样做名牌，赚个满钵。

时装的变迁永远是循环、可笑的。

有一阵子又流行回四条向内折叠的裤子了，正当群众花大笔钱去买名牌时，你大可以到国货公司去找旧货，保管老土创时髦，而且价钱只有十分之一。

今天的时装已越来越大胆了。你没看到报纸和杂志上经常刊登露出两个乳房的设计吗？

女人暴露过后，男人跟着暴露，也许有这么一天，男人流行回穿开裆裤。这也好，女人一目了然地审定对方的条件，不必太花时间。

在这一天到来之前，男子的裤子一定会流行拿破仑式的窄裤子。大家都像舞台上的芭蕾舞演员。

这时候，女性垫肩的潮流刚刚完毕，大家都把那两块树胶肩丢在地上，男人偷偷地把它们捡起来，塞在大腿之间，要不然，谁敢上街？

男人的品位，从一条领带就能看出

西装中的领带，和袖口的三粒纽扣一样，一点用处也没有。

领带不可以当餐巾擦嘴，绑住颈项，唯一实际用途，是给八婆们拖着走吧了。

选择、购买、配色的过程，倒是乐趣无穷的。

西装已被全世界接受为男士的基本服装，领带是必需品，买了一套西装，选一条领带的观念，已经落伍。看中了领带，再衬西装才对。

　　走进领带商店，数百条数千条，看得眼花缭乱，但是应该挑选的，是第一次进入你眼中的那一条，要令你慢慢地考虑的，还是不买为佳，购入后也不会喜欢的。

　　穿净色的西装，适合配一条彩色缤纷的领带；反之，有条纹的外套，就衬单调的领带，这是第一个原则。

　　什么领带才是最好的领带？

　　首先，一制数千条，同样花款的领带，绝对要避免；第二，质地不能太差。

　　上等领带并不一定是名牌货，但是与其买条便宜的，不如投资在贵一点的上面。高价领带多数用人工挑线，绑了又绑，一挂起来还是笔挺，和新的一样，一用十多年。

　　便宜领带结了一次，皱纹迟迟不退，用过数次，已经像条隔夜油炸鬼（粤语词汇，意为油条），到后来，丢掉的领带加起来的钱，比一条好领带还贵。

　　名牌领带有它的好处，Mila Schon（米拉斯卡欧），质量最高，尤其是它的双面领带，用上一生一世，永不旧废。旅行的时候，带上两三条，便可以当六条来用，但是价钱也要双倍之多。可能是太过耐用，近来已经不常见，同厂出品领带，特色是它的边，不管多花喱花碌（粤语词汇，形容花花绿绿、俗气），边总是净色，这个构思由双面领带创造，双面领带因不能折叠，所以只有用暗线内缝，有条隐藏着的边。有边的Mila Schon领带，价钱比一般的贵，但质地水平降落，已不堪戴了。

Dunhill（登喜路）的西装值得穿，可是它出产的领带设计保守不算，料子用得太厚，不是上品。Lanvin（朗雯）也有同样毛病，花样倒是活泼了许多。其他名牌如Channel（香奈儿）、YSL（圣罗兰）、Nina Ricci（莲娜丽姿）、Celine（思琳）等，偶有佳作，平均起来，皆水平不高。

最鲜艳最醒目的是Leonard（李奥纳德）领带，它有一系列的花卉设计，带点东方色彩，给人留下一个深刻的印象，价钱不菲，但是这种领带只能结一次，第二回就有似曾相识的感觉，料子多好，也没有用了。

也有人喜欢结领花而不爱打领带，但是领花总带给人一种轻浮、好大喜功的感觉。有位出版界的朋友就一直打领花，而且是用领夹的那种，让人看得极不舒服。

领花只适合在穿"踢死兔"晚礼服时打，但是不宜太小，领花一小，人就显得小里小气。

领带针曾经流行过一阵子，现在已经少有用这种小装饰，偶尔用之还是新鲜，但是横横地来一条金属领带夹，就俗气得很。高贵的有种珍珠针，扣在后面，领带前两颗简简单单的珠，蛮好看的。

和西装的领子一样，领带的大小最好不要跟流行，关刀一般的领子和领带，一下子就消失，细得像条绳子的也只在20世纪60年代中期出现过一阵子。适中的领带，会永远存在下去——只要有西装在的一天。

男人的品位，从一条领带便能看出，当然这不是价钱问题，非名牌的领带，质地好的也很多。基本上，不要太过和西装撞色就是了，没什么大道理，但连这种小节也不注意，穿牛仔裤去好了，别装蒜。

要预防结大青大绿领带的男人，这种人俗气不算，还很阴险。

买领带也不全是男人的专利，女人买领带送男人，也是种学问。通常看男友喜欢穿什么颜色的西装，就买条颜色相近的送给他好了。要是他喜欢你，即使你送的领带皱得像条咸鱼，他也照打，不然Mila Schon看起来也讨厌。

最高境界是当年上海的舞女，她们会叫火山孝子为她们做旗袍，冤大头以为旗袍算得了几个钱，一口答应。哪知一看账单，即刻晕掉，原来她们做的旗袍虽然只是普通的黑色绸缎，不过一做就是同样三件的早、中、晚穿，绣的是一株玫瑰，早上花蕊含苞，中午略露花朵，到了晚上的那件，花卉怒放。

男人正要抗议，舞女说还有件小礼物送给你，打开小包裹一看，原来是三条同样黑色绸缎的领带，绣着早中晚三款相同的玫瑰的花朵，用来陪着她上街结的。火山孝子服服帖帖地把钱照付，完全地投降。

挑选领带还带有一个定律，那就是夏天要轻薄活泼的，冬天不妨厚一点、沉着一点，棉质和毛织的都能派上用场。一旦违反此定律，不但不美观，而且热个半死。

厚料子的领带，不宜打繁复的"Windsor结"，它要三穿一缚才能打成，一打"Windsor结"，结部便像个小笼包，只能打简便的"美国结"。话说回来，"Windsor结"打起来是个真正的三角形，实在好看，但是现在的人，已经没有多少人会打。

当然，穿惯牛仔裤的，连美国结也不会打的也不少，只有求助于旁人。也有人只会替别人打领带，自己不会打。这种人，多数在殡仪馆工作。

最过瘾不过台湾麻将

想不到台湾麻将在短短的十多年，征服了打了几百年的广东老章（粤语词汇，指广东老式麻将），近来许多香港友人都宁愿打台湾牌，说它很公道。

连贺岁片的戏名也安上了《唦咕唦咕新年财》。唦咕，是什么？

其实这两个字也是香港人发明的，在台湾没有字，只有发音"Niko"。中国台湾被日本统治五十年，说话多用日本字。"Niko"可作为"两个"。这副牌，是可以用八对子组合，因为台湾牌有十六张。对手打这八对的任何一张，都可吃糊，自摸更是欢天喜地。

也可以用七对半和牌，这七对之中有任何一对是三张，那么就吃剩下那一张的独听。

或者，七对之中，有任何两对是三张，那么吃的是这两对三张剩下的各一张牌。

另一解释是，"Niko"可作为"笑"的意思，日本人一笑，就说"Niko Niko"。吃了和，番数很大，赚个满钵，当然笑了。

台湾牌之所以公道，是放牌的一人付钱，其他两家无罪，不像老章那样被别人害死。其实有许多老章的人，也早已采取这个制度，极为合理。

牌章一不顺，尽管折来打宴全张，除非被自摸没话说，不然不必输的。真正的台湾牌高手，打的是守，不是攻。

十六张的台湾牌，最刺激的是在最后一副牌也能反败为胜，老章就没这种机会了。台湾牌有连庄的制度，只要你做庄家的时候一直吃和，赢的倍数就一直加上去，等到你连了十几个庄，愈连愈兴奋，脑子不断出精。那种过瘾法，只有海洛因能够匹敌。

清楚地记得很多年前和张艾嘉及杨凡打台湾牌，一打三昼三夜，打得张艾嘉和杨凡两人脸上花妆暴脱，整个人晒残，那种欢乐，不复再有。万岁万岁万万岁，台湾牌！

辛苦还是快乐，自己知道

最近在中国港澳两地奔跑，友人见了问："不辛苦吗？"

我摇头："辛苦了，我就不做了。"

朋友总是觉得我的事情做得太多，担心我的健康，家人也是一样，问长问短，变成了一种不必要的精神压力。

自己的身体自己知道得最清楚，做不了的话，当然停下来，有谁那么笨来刻薄（意为苛刻对待）自己？

今天从中国澳门回来，明天又要带团去日本，友人再问："辛苦吗？"

又不是一个人管理一切，我有很多助手随团，琐碎事情年轻人去做，我泡泡温泉，吃吃大餐，何来辛苦？

日本人一有生意给他们做，就当你是老太爷那么拜，舒服得很。

当这种旅行是休息，绝对是事实。吃完晚餐后我都不应酬，再泡个热澡就睡觉，翌日天未亮就起来，又到浴室去，头脑清醒，写起稿来文字流畅，可存多篇。

购物的乐趣是无穷的，路上停休息站，乱买一番，钱花得过瘾。每个休息站卖的都是当地货物，甚有特色，像看到风干的大蒜，可当花生吃，是别的地方买不到的。

如果看不到喜欢的，要一筒软雪糕好了，口感滑得像丝绸，奶味又重，很香。团友见我这个老头也吃了，都各自买一筒来回忆童年往事，其乐融融。

回到都市，最爱逛的是大百货公司地下的食品部，每一个摊档都有样板赠送，想起做学生时不够钱吃中饭，就来这里试食充饥，觉得日子过得甚快。

辛苦吗？你说呢？

配音是一种怎样的体验

读者来信称对电影的配音深感兴趣，要我多讲点这一方面的东西。

让我们谈一谈什么是配音。

我想最原始的配音是在默片时代吧。银幕上放映着男女拥抱的场面，在一旁有个小台子，后面站着一个人看着银幕，跟着男主角的口型，大喊："我爱你，我爱你。"

这个人我们叫他为旁述，广东人称之为"解画佬"，日本名字为"弁士"。

遇到中国片子，画面和画面之间出现字幕，解画佬根据画面和文字忠实地讲解给观众听。但是碰上西片，解画佬对英文字幕一知半解，或者完全不懂，就按照在电影表面上看到的东西以自己的理解去说明。反正每晚都是同一部戏，熟能生巧，讲得口沫横飞，有声有色，到最后变成一个与原来剧本完全不同的故事。

出色的解画佬的声技能够令观众入迷。同一部电影给不同的人讲解，效果差个十万八千里。有时解画人的名字也登在广告海报上，比外国男女主角的还要大。如果这家戏院的老板孤寒（粤语词汇，指吝啬），不肯多给工资，解画佬东家不打打西家的时候，观众也会跟着他去，令这家戏院的生意一落千丈。

有声电影出现之后，这些解画佬便随着时代消失了。电影史上从来没有他们的记录，但他们对电影事业也有过贡献。

在东京浅草雷门的后巷中，还可以看到一个小坟墓，里面埋葬的并不是死人，而是解画佬的声音。石碑上刻着"弁士之墓"四个大字，几行小字记载各个出众的解画佬，有些还活到今天。

目前的电影，纪录片还是需要解画佬的，不过他们已不站在银幕之前，而只是在片上配上一条声带。许多纪录片因为旁述讲得不好而失败。有些例子是解画佬能使片子起死回生。先天条件当然是要旁白写得好，再加上一个熟练而活泼的声音，往往能使一部纪录片锦上添花。

可见声音对一部电影是多么的重要。

最初的有声剧情片，都是同步录音的。

何谓"同步录音"呢？简单来说，演员在表演的时候，以摄影师拍摄他们的动作，以录音机录下他们的声音，两台机器配合呼应地同时将动作和对白记录下来，便叫"同步录音"。

至于技术上和机器功能上的细节，太过专业，我们这里不赘述。

举个例子来说，我们看到周璇演的《马路天使》，便是以同步录音拍摄的，我们听到的，的确是她本人的声音。

但是，在目前一般的港台电影，拍摄时不录演员的对白，等待片子剪接完毕后才叫别人配上去，这叫"后期录音"，也称"配音"。

"能听到演员自己的声不是好吗？"你说，"何必去配呢？"

这个问题提得好。

的确，我们是应该看到由什么人演，就由同一个人讲对白的电影。

我们的电影由美国输入了有声的技术，就保留着这优良的同步录音传统，甚至在电视上看到的粤语残片的新马仔、冯宝宝，都是他们自己的声音。

同步录音要求演员记牢对白，要求他们发音清晰，要求声音中有感情，要求有真实感，要求生活化，要求震撼力，要求语调上的韵味，要求略带瑕疵的方言腔。要求的东西，数个不尽。

歌舞片兴起时，对白极少，都是音乐，在现场上没有办法一个镜头一个镜头地断断续续同步录音，便事前将一首歌曲录成一条声带，在拍摄时播出来，演员跟着歌词张口闭口，这叫"放声带"。

黄梅调片子衰落后，崛起的是武侠片和功夫片，同步录音更是不可能了，因为当时的阿猫阿狗，只要会打，第二天便成为巨星，他们的普通话当然不是每个人都讲得好。所以掀起了后期录音的浪潮，放弃了同步录音的传统。

这个现象，一直流传到今天，观众再也听不到演员自己的声音，多么可悲！

配音的过程是怎么样的？

把导演剪接好的片子，分段地剪出，然后接成一个很大的圈子，在放映机上重复地放映。配音员坐在银幕前，跟随着画面中演员的口型，配上对白。放映室后有台同步的录音机把声音录起来。

我们现在还是用这个落后的办法，先进的地方已经用"乐与滚"的放映机，可以控制片子前进或退后，随时放映任何一段戏配音。中间发音不妥，也不必由头来起。

配音这个行业不是容易干的。配音员的工作环境永远是在黑暗中。每部电影不管制作费是多么浩大，比较上给他们的钱少得可怜。而且总是要赶着上映而夜以继日地配。就算不急上片，为了节省录音室的租金，都要配音员以最快的速度完成工作。

每一组配音员都有一个领班。领班不只是领导一群配音那么简单。有场记详细的对白本当然是好配一点，但是记录得不清楚，那领班还要成为编剧，创出对白。尤其是将粤语翻成普通话的时候，某些导演和编剧根本不熟用普通话，就要看领班是否能将对白弄得传神。

熟练的配音员能帮助木讷的武打演员的演技，但是他们戏配得多了，少不了有点职业腔，有些导演会要求新人来配，新鲜感是有了，却少了感情。

小孩子的声音多数是女人配。胡金铨导演的一部片中有个老太婆的角色却用了男声才像。卡通片的尖声，有些配音员能自然地变腔配上。他们的音技是多姿多彩的。

佼佼者之中有已故的张佩山，李小龙的声音便是他的。毛威去了新加坡发展。在香港的有唐菁、张佩成、焦姣、小晶子、乔宏、李岚，等等，后起之秀是张济平。

唐菁配音很认真，他一定要在对白本上做三角形或圆圈的记号，以表示何处加重语气，只有他一个人看得懂。

有一次大家恶作剧地胡乱在对白表上打叉叉，害得他也看个老半天。

其他配音员都笑到由椅子上跌下来。

我对配音这个行业是尊敬的，但是我反对整个配音制度。

动作片带领港台电影进入国际市场，可是也让我们养成配音的恶习。我自己沉迷其中。以前和美国合作拍戏，一切动作都完美，导演却喊NG，我问其故，导演说声音不好，我才醒觉。

在英语系的片子中，要是演员的声音由别人配，就不能在影展参加竞选，因为，理所当然地，声音是演技的一部分。

试看我们的金马奖男女主角，哪一个是用了自己的声音？

近年来拍的几百部港台作品，来来去去都是那一小撮人配的音。

有一年，杨群和柯俊雄都有片子参奖，杨群主演的落选，但是由他配音的柯俊雄却成为影帝，岂非讽刺？

柯俊雄的普通话说得不准，但是在《香江岁月》中的同步录音，没有影响到观众对他的印象，反而令他的演技更进了一步。

后期录音是落后的。演员水平降低，他们变成不必在语言上下功夫，变成不记对白也行，相当于战场上一个把枪丢掉的兵。

是的，市场在缩小，人力物力价钱提高，拍一部同步录音的戏，要加一成以上的制作费。但是有声电影的初期，也不是照样挨下去！当时的厂棚防音设备还是不够，白天拍戏，车子经过要NG，只好晚上静下来的时候拍，但一下雨又是NG，好歹等到雨停了，岂知蟋蟀和蝉声大作，又要泡汤，但还是挨下去！再与现场录音的电视片集一比，配音更显得逊色，不可否认地同步录音带来了强烈的真实感。好在还有些有良心的演职员要求配回自己的声音，叶童就是一个坚持这个原则的人。她的声音一点也不好听，但是那么自然、顺耳、有感情。在中国香港、中国台湾、星马（**指新加坡和马来西亚，下同**）的不同市场要求下，粤语、普通话配音员能够生存，何况尚遇有外国片配。但是，配音制度，我却希望它早日灭亡。

成为电影巨匠的标准

要成为一个电影巨匠，必须会像爱森斯坦那么会运用蒙太奇剪接手法，一定要像奥森·韦尔斯那么懂得镜头的深度，更要有大卫·里恩（1908—1991，英国著名导演，英国电影界泰斗。代表作《阿拉伯的劳伦斯》《桂河大桥》《相见恨晚》）的广阔视野，但最后要有像比利·怀特那么大的讲故事本领。

日本电影的巨匠有黑泽明，他早期拍打斗片《姿三四郎》，一拳一脚交代得清清楚楚。中期探讨人性，拍出《留芳颂》，十分感人。后期雅俗共赏，有《七侠四义》（港名，即《七武士》）《用心棒》等。西方也被他的《罗生门》的魄力感染，甘拜下风。

但日本人认为沟口健二比黑泽明更有深度，在平淡的手法中见功力。《雨月物语》讲鬼魂回来慰藉丈夫，凄美得厉害，西方就没有哪一个导演能做得到。

小津安二郎的电影完全融入日本人的生活之中，所取的角度都像他们日常起居，用坐在榻榻米的角度去拍，一点也不花巧，但说出父亲嫁女后的孤独和悲哀，人类亲情是万国共通的。

这些巨匠的手法，后人很难跟得上，要比也没的比。至数十年后才出现一个山田洋次，他把一个到处流浪的小人物拍了又拍，一共有几十部，故事雷同，但观众百看不厌。

到演《寅次郎的故事》的渥美清死后，也才改变戏路，拍出讲武士沦落的三部曲《黄昏清兵卫》《隐剑鬼爪》《武士的一分》

来，在淡淡的哀愁中说没落的武士小故事，日本才再度出现一个巨匠。

巨匠们有一个共通点，那是一系列的电影，每部都精彩。只有一两部戏成功，那只是昙花一现，成不了巨匠。

老一辈的市川昆和新一辈的北野武都很努力，偶有佳作，但他们成不了巨匠，有一个可能性很高的伊丹十三又死得早，亦无法登上这个宝座。

《礼仪师之奏鸣曲》（港名，即《入殓师》）的泷田洋二郎在《抢钱家族》中证明了一次，直到此片才第二次跑出（指《入殓师》获奖），但他的片子像电视剧集，没有电影的气派，可惜。

做生意的过程，也有无穷的乐趣

从前，认为"生意"这两个字是肮脏的字眼。

现在自己做起生意来，觉得乐趣无穷，并不逊于艺术工作。其实做生意，也在不停地创作呀。

生意越做越好，就把这两个字慢慢分析。哎呀呀，这一分析可好，原来"生意"是"生"的"意识"，多么灵活，多么巧妙！

别的地方，做生意不易；在香港，却是满地的机会，等你去拾。

不熟不做，这句话只对一半。不熟不做，不是叫你除了老本行，什么事都别去尝试。真正的意思，应该是对一样东西深切地去了解之后，才去做。

所以，要做生意的话，一定先成为专家才行。

张君默夫妇对玉石研究极深，现在卖起古玉来，头头是道，生意兴隆。

古镇煌卖古董表和钢笔，也做得有声有色。

这种高贵玩意儿，要看本钱才行呀。你说。

也不见得，举的例子都不是以本伤人的，而且属于半路出家。

不只是高档货，另一个朋友养金鱼，养久了当然分辨出品种，这一只打那一只，把金鱼性交当乐趣，生出了一只新品种的小娃娃，也发了财。

"工"字不出头，利用余暇做做小生意，略为动动脑筋，先把它当成副业，再发展下去不迟。主要的是抓紧时机。而且生意不做白不做。一向主张机会像一个美女，你上前去搭讪，成功率为百分之五十；你连打招呼都不敢，那只有痴痴地望着，成功率是零。

家庭主妇也可以做生意，朱牧先生的太太辣椒酱炮制功夫一流，用的是干贝丝、泰国小辣椒、虾子、大蒜、火腿等材料，请教她做法如何，她总是笑融融的："你喜欢吃，做一罐给你好了，何必自己动手那么麻烦？"

这种辣椒酱后来渐渐传于各个餐馆，称之为"XO辣椒酱"，现在已让李锦记商品化，销路不错。不过，朱太太也不在乎赚这些钱，她在电影监制方面下功夫，照样行得通。

方任莎莉烧得一手好菜，现在谁不认识她？做个广告，钱照收。

湾仔码头北京水饺的臧姑娘，白手兴家，产品打入每一家超级市场，也是我服的人物。

做生意的过程也有无穷的乐趣，还能认识许多有性格的人。

第一，你先要注册商标，那个律师长得高大英俊，简直是做电影明星的料。

第二，商标设计，那个半商人半艺术家的家伙，脾气臭得很，但是画出来的东西使你对他又爱又恨。

第三，把设计样板拿去拍照片分色，你会发现哪一家的冲印技术最高。

第四，分好色的菲林交给制版厂，有位固执的中年人对印刷的要求比你还高。

第五，说明画和传单，须要清雅又能解释内容，不然人家拿到手即刻扔掉，写这类文章的又是个可爱的人。

第六，宣传，你会接触到报纸、杂志、电台、电视的各位做推销的美女。

第七，出路，摆在什么地方卖？遇见的人更多些，条件一直谈下去，直到双方满意为止。

第八、第九、第十，种种说不完的阶段，走一步学一步，不尽的知识和智慧在等待你去完成。

开餐厅的友人也不少，成功的多数是先有创意，做人家未做过的菜色招呼客人。

不过做餐馆面临的是人手问题，大厨子不听起话来，苦头吃尽。服务员的流动性，也令人头痛。

只要亲力亲为，问题还是能一一解决的，"大佛口食坊"的陈汤美，自幼爱打鱼，理所当然地开起海鲜馆子。他能亲自下厨是信心的保证，而且他拼命把新品种的海鲜给客人吃，都是成功的因素。

当然失败的例子也不少，但是只要脚踏实地，起初小本经营，亏起本来，也无伤大雅，总比在股票上的损失来得轻，来得过瘾呀。

外国流行跳蚤市场，把自己做的东西、家中的旧货等统统拿出来卖。可惜香港地皮太贵，兴不起来，但也逐渐有些类似的场地出现。

星期天没事做，利用空闲，摆个地摊做小生意，和客人闲聊几句，比打麻将还要充实。

赚到了一点钱，买架货车改装，成为流动的商店，去到哪里卖到哪里，想想都高兴。

"你自己做起生意来，就把生意说成生的意识。"友人取笑我说，"那么'商'字呢？'无商不奸'你又做什么解释？"

我懒洋洋地回答："'商'，商量也。'无商不奸'？那也要和你商量过，才奸你呀。"

玩物养志，没有什么不好

很多年前，我写了一本书，叫《玩物养志》，也刻过同字闲章自娱，拿给师父修改。

"玩物养志？有什么不好？"冯康侯老师说，"能附庸风雅，更妙，现代的人就是不会玩，连风雅也不肯附。"

香港是一个购物天堂，但也不尽是一些外国名牌，只要肯玩，有心去玩，贵的也有，便宜的更可信手拈来。

很佩服的是苏州男子，当他们穷极无聊时，在湖边舀几片小浮萍，装入茶杯里，每天看它们增加，也是乐趣无穷。我们得用这种心态去玩，而且要进一步地去研究世上的浮萍到底有多少种类。从浮萍延伸到其他植物甚至大树，最后不断地观察树的苍老枯萎，为它着迷。

研究的过程中，我们会看很多参考书，从前辈那里得到宝贵的知识，就把那个人当成了知己。朋友也就增多了。慢慢地，自己也有些独特的看法，大喜，以专家自称时，看到另一本书，原来数百年前古人已经知晓，才懂得什么叫羞耻，从此做人更为谦虚。

香港又是一个卧虎藏龙地，每一行都有专家，而怎么成为专家？都是努力得来，对一件事物发生了浓厚的兴趣，怎么辛苦也会去学精。当你自己成为一个或者半个专家后，就能以此谋生，不必去替别人打工了。

教你怎么赚钱的专家多的是，打开报纸财经版每天替你指导，事业成功的老板更会发表言论来晒命（粤语词汇，意为炫耀）。书店中充满有钱佬的回忆录和传记，把所有的都看遍，也不见得会发达。

还是教你怎么玩的书，更为好看。人类活到老死，不玩对不起自己。生命对我们并不公平，我们一生下来就哭，人生忧患识字始，长大后不如意事十常八九，只有玩，才能得到心理平衡。

下棋、种花、养金鱼，都不必花太多钱，买一些让自己悦目的日常生活用品，也不会太破费，绝对不是玩物丧志，而是玩物养志。

吃喝玩乐，是一门艺术

Go to live at random

活着，

大吃大喝也是对生命的一种尊重，

可以吃得不奢侈。

银行中多一个零和少一个零，

根本上和几个人大吃大喝无关。

大吃大喝，也是对生命的一种尊重

作家亦舒在专栏感叹："莫再等待明年。明年外形、心情、环境可能都不一样，不如今年。那么还有今天，为什么不叫几个人大吃大喝、吹牛搞笑？今天非常重要。"

举手举脚地赞成。

旁观者不拍手，反而骂道："大吃大喝？年轻人有什么条件大吃大喝？你根本就不知道钱难赚，怎么可以乱花？"

花完了才做打算，才是年轻呀。骂我的这个人，没年轻过。

年轻时挨苦，是必经的路程。要是他们的父母给钱，得到的欢乐是不一样的，我见过很多青年都不肯靠家。

我想，能出人头地的，都要在年轻时有苦行僧的经历，所得到的，才能珍惜。对于人生，才更能享受。

所谓的享受，并非荣华富贵。有些人能把儿女抚养长大，已是成绩；有些人种花养鱼，已是代价。

今天过得比昨天快乐，才是亦舒所讲的重要。而这种快乐并非不劳而获，这是原则。

当然有些人认为年纪一大把，做人没有什么成就。但这只是一种想法，是和别人比较的结果。就算比较，比不足，什么问题都能解决。

大吃大喝并不必花太多的钱，年轻时大家分摊也不难为情。或许今天我身上没有，由你先付，明日我来请。路边档熟食中心的食物，不逊于大酒店的餐厅，大家付得起。

亦舒有时也骂我，一点储蓄也没有，把钱请客花光为止。这我也接受，只想告诉她我并不穷，也有储蓄，是精神上的储蓄。我的储蓄，老来脑中有大量回忆挥霍。

活着，大吃大喝也是对生命的一种尊重，可以吃得不奢侈。银行中多一个零和少一个零，根本上和几个人大吃大喝无关。

真正会吃的人，是不胖的

不知不觉，我成了所谓的"食家"。

说起来真惭愧，我只是一个好奇心极强的人，什么事都想知道多一点。做人嘛，有什么事做得多过吃的？刷牙洗脸一天也不过是两次，而吃，是三餐。问得多，就学得多了。

我不能说已经尝过天下美食，但一生奔波，到处走马看花，吃了一小部分，比不旅行的人多一点罢了。命好，在香港度过黄金期，是吃得穷凶极恶的年代，两头干鲍不算什么，连苏眉也当成杂鱼。

法国碧丽歌黑松菌鹅肝、伊朗鱼子酱、意大利白菌，凡是所谓天下最贵的食材，都尝了。

苏东坡说得最好，他的禅诗有"庐山烟雨浙江潮，未到千般恨不消。到得还来别无事，庐山烟雨浙江潮"。

"庐山烟雨浙江潮"只是象征着最美好的事物，诗的第一句和最后一句的七个字完全相同，当然是表现看过试过就不过是那么一回事儿。自古以来，也只有他一个人敢那么用，也用得最有意境了。

干鲍、鱼子酱、黑白菌和鹅肝又如何？还不是庐山烟雨浙江潮？

和我一起吃过饭的朋友都说："蔡澜是不吃东西的！"

不是不吃，而是他们看到的时候吃得少。我的早餐最丰富，中饭简单，晚上只是喝酒，那是我拍电影时代养成的习惯，一早出外景，不吃得饱饱的就会半路晕倒！

没应酬在家进餐，愈来愈清淡。一碟豆芽炒豆卜，已经满足。最近还爱上蒸点小银鱼仔，淋上酱油铺在白饭上吃，认为是绝品，其他菜一样都不要。

"你是食家，为什么不胖？"友人问。

一切浅尝，当然肥不了，但还是装腔作势，回答说："真正会吃的人，是不胖的。"

会喝酒的人，都不老

的士上的一位司机，大概认同我是酒友，滔滔不绝地讲他喝酒的经验。

"我最爱喝的，只是啤酒。"他说。

"什么牌子？"

"蓝妹。德国进口，虽然贵一点，也值得，比生力好，但要喝瓶装。生力在超市买，十一块多吧，蓝妹就不止了，要贵出七八块。"

"蓝妹不是德国造，在深圳酿的，而且是韩国的OB啤酒制造。"

"真的有这一回事儿？我一喝十多瓶，身体状况不好的时候，也要三四瓶，下次改回喝生力好了，可省下一大笔。"

"试试泰国的星哈，不错的。"我建议。

"对了，蔡先生，你喝啤酒的时候，送的是山珍野味吧？"

我摇头："有块煎马友咸鱼，已经是福气。腐乳上面撒点糖，也不错。"

"我也喜欢，我最不爱吃薯仔片。"

"花生呢？"

"牙齿不行了，从前爱吃的。"

"吃卤花生好了，潮州打冷店（粤语词汇，指潮州熟食店）有的卖，还有带壳的煮花生也很软呀。"

"带壳的从前到处看到，现在不知道哪里去找了，好的东西都消失。"

"没东西送的话，用冬菜往滚水中一泡，也是好菜，最后连水也当汤喝，很美味。"

"是是。蔡先生，你看我多少岁？"

"五十出头吧？"

"六十岁了。"

"会喝酒的人，都不老。"我说。

司机大感满意，不收过隧道费。我坚持，双方相让，有如置身君子国，乐融融。

有品位的人，都喜欢喝白兰地

每次我看到香港人已不喝白兰地了，就摇头叹气。

曾几何时，我们请客或被邀，桌上不摆一瓶轩尼诗XO或马爹利蓝带，岂能罢休？

白兰地的没落，是给红白酒害的，大家以为餐酒对身体好，喝了医心脏病，加上扮识货作祟，一边倒地给它们占去整个市场。

其实，罪魁祸首还是物极必反。我们那一代放纵惯了，年轻人看在眼里，个个都变成循规蹈矩的四方人：烟不抽，酒不喝，头发剪得整整齐齐。

本来内地应该是一个巨大的白兰地市场，他们爱喝烈酒嘛，白兰地岂非对路？

不，白兰地在内地也不见得销路特别好，他们喜欢的只是白酒，所谓的"白"，并非红白餐酒的"白"，而是透明的五粮液、茅台、汾酒之类的东西，气味难闻，喝醉了打嗝，久久不散。身上那股味道，冲凉（粤语词汇，指洗澡）冲了三天，还留在那儿，才称为香。

内地的白酒大行其道，已有来不及酿制的现象，曾经参观过一个酒厂，不见蒸馏器，只是把最烈的酒种拿去兑水，大量生产，很可怕。

白兰地是葡萄的精华，总比什么杂粮酿出来的酒质佳。

也许目前是白兰地复仇的时候了。喝酒的风气也要靠广告，见报纸上白兰地的全版宣传销声匿迹，像是吓破了胆。

记得当香烟还可以卖广告时，没有人买的"万事发"不停登

过自己想过的日子

原来人可以这么快乐

若没有花，我就要寂寞了

养一只可爱的宠物，是人生一大快乐

猫儿的智慧，远比哲学家高

多学习多充实自己，才有未来

穿自己喜欢的衣服，是最低的人生自由

啤酒与优雅无缘

好吃的水果们

逛书局，是一种人生乐事

报纸杂志和电视，有多少年亏多少年，结果还不是给他们打出名堂来？

　　当然日本烟是由政府的专卖公社生产，大把银子浪费。白兰地不是阿公的，但已被跨国的大企业购买，下多一点钱宣传，日后才有收获。等到白兰地收回失地，我们再去宣扬威士忌好了。

啤酒与优雅无缘

　　大暑，喝冰凉的啤酒固然是一大乐事。天冷饮之，又是另一番味。寒冻下，皮肤欲凝，但内脏火烫，一大杯啤酒灌下，吱的一声，其味道美得不能用文字来形容。

　　啤酒的制造过程相信大家都熟悉：将麦芽浸湿，让它发酵后晒干，轧碎之，加滚水泡之，取其糖液渗酵母酿成酒，最后加蛇麻子所结之毬果以添苦味，发酵过程养出二氧化碳之气泡。有一天，我一定要自己试试。

　　世界各国都在酿啤酒，好坏分别在各地的水。水质不好，便永远做不好啤酒，东南亚一带就有这个毛病。美国是一个例外，它的水甘甜可口，但是永远酿不了好啤酒，可能跟美国人不择食的习惯有关。

气氛最好的是在德国的地窖啤酒厅，数百人一起狂饮，杯子大得要用双手才能捧起，高歌《学生王子》中的饮、饮、饮。

或是静下来一边喝一边唱一曲哀怨的《莉莉玛莲》。

英国的古典式酒吧，客人两肘搁在柜台上，一脚踏在铁栏，高谈阔论地喝着"苦啤"。它颜色棕黑，甜、淡，很容易下喉，一连饮十几大杯子不当一回事。

法国人不大会喝啤酒，他们只爱红白酒和白兰地，越南人跟他们学的三三牌啤，淡而无味。

酒精最强的应是泰国"星哈"和"亚米力"，成分与日本清酒一样高。一次和日本人在曼谷，各饮三大瓶，他有点飘飘然，问说这酒怎么这么强，我说你已经喝了一点八公升的一巨瓶日本酒了，他一听，腰似断成两截，爬不起身来。

韩国人极喜欢喝啤酒，是因为他们民族性情刚烈，大饮大食，什么都要靠量来衡量，最流行的牌子是OB，只有他们把啤酒叫成麦酒，我认为这是一个很恰当的称呼。

啤酒绝不能像白兰地那么慢慢地喝，一定要豪爽地一口干掉。

三两个好友，剥剥花生，叙叙旧，喝个两打大瓶的，兴高采烈，是多么写意！唯一不好的是要多上洗手间。

饮酒是人生一乐，醉后闹事的人就不是喝酒，而是被酒喝了。

来一口老酒，你我畅谈至天明

用什么来下酒，这是一大门学问。花生米最普遍，但是我认为这是最单调和最没有想象力的下酒菜，叫我吃花生，我宁愿"白干"。

我反对的只是吃现成的花生，偶尔在菜市场看到整颗的新鲜落花生，买个一二斤，用盐、糖、五香和大蒜煮熟，剥壳吃个不停，又另当别论。

自制红烧牛肉，当然是上等的下酒菜，但嫌太花时间，要是有那么多余暇来准备，那花样可真不少，炸小黄花鱼、芋头蒸鹅、酱鸭舌头，举之不尽。花钱花功夫的下酒菜，总觉不够亲切。

在庙街档口喝酒的外国水手，掌上点一点盐，也能下酒，其乐融融。家父友人黄先生，没钱的时候用一把冬菜，泡了开水干上两杯，比山珍海味更要好。

岳华和我两人，在日本千叶的小旅馆，半夜找东西下酒，无处觅寻，只剩一条咸萝卜干，要切开又没有刀子，唯有用啤酒瓶盖锯开来吃，亦为毕生难忘的事。

三五知己见面，有时碰到比相约更快乐，拿出酒来，有什么吃什么，开心至极。家里总泡了一罐鱼露芥菜胆，以此下酒，绝佳。

至于现成的东西，我喜欢南货店里卖的咸鸭肾，切成薄片，一点也不硬，又脆又香。要不然就是日本的瓶装海胆渗鱼子或海蜇、韩国的金渍和酱油大蒜、意大利生火腿和蜜瓜、泰国的指天椒虾酱，最方便的有宁波的黄泥螺，都比薯仔片等高明得多。

最近从两个舅舅处学到的下酒菜，我认为是最完美的，各位不妨一试，那就是在天冷的时候，倒一小杯茅台，点上火，拿一尾鱿鱼，撕成细丝，在火上烤个略焦，慢慢嚼出香味，任何酒都适合。

把一个小火炉放在桌上，上面架一片洗得干干净净的破屋瓦，买一斤蚶子，用牙刷擦得雪亮，再浸两三小时盐水让它们将老泥吐出。最后悠然摆上一颗，微火中烤熟，"波"的一声，壳子打开，里面鲜肉肥甜，吃下，再来一口老酒，你我畅谈至天明。

酒中豪杰，才是好人

我们这些享受过香港电影全盛时期的人，非常幸福。当年，拍什么卖什么，领域之大，布满东南亚和欧美唐人街，单单某些地区的版权费已收回成本，所以要求的是量，而不是质。

日本和韩国导演都以快速见称，输入了许多人才。前者有井上梅次、中平康、岛耕二等，后者除了申相玉、郑昌和，还有张一湖和金洙容。

导演住酒店，带来的工作人员就在宿舍下榻。日本人一休息下来，就到影城的后山海里潜水，捞出很多海胆，当年香港人不会吃，海底布满了，拾之不尽。

韩国人更勤力，每天工作十多二十个小时，难得有空即刻蒙头大睡。醒来，就在房间内制作金渍泡菜，他们不可一日无此君，不吃泡菜开不了工。当年商店没的卖，非自己泡不可。

这一来可好，泡菜中有大量的蒜头，发酵起来，那阵味道不是人人受得了的，其他住在宿舍的香港演职人员都跑来向我投诉，我无可奈何，私掏腰包请喝酒安抚。

香港人、日本人、韩国人不和，但有一个共同点，那就是大家都是酒中豪杰。香港的酒比他们国家的又好又便宜，收工之后在宿舍狂饮，酒瓶堆积如山。电影工作人员都得付出劳力，一天辛苦下来，有些还不肯睡，聊起小时看过的片子，哪一部最好，什么电影的摄影最佳，最后唱起经典作品的主题曲来。

国籍可能不同，但看过的好莱坞电影是一样的，这是大家的共同语言，已经不分你我来自哪一个地方。

在片场工作，除了导演高高在上，其他人并没受到应得的尊敬，只是苦力一名，任劳任怨，所以养成了借酒消愁的习惯。喝多了，都酒力甚强。我请工作人员时，也以会不会喝酒作为标准。不喝的，一定不行，酒中豪杰，才是好人。

真正的酒徒，容许一生放纵几次

酒，有什么好喝？

要是你想得到答案，免了罢。我们还不如向女人说明什么剃须水最好，反正，她们都听不懂。

不会喝酒的人，请把这一页掀过，我不会向你弹琴。

什么？

你还在耐心地听？

那么，你有希望了。你有了成为一个酒徒的可能性。

什么酒最好呢？

在你眼前的酒最好喝。

如果你是选择香槟和陈年红酒，不饮双蒸和白干的话，那你是酒的奴隶，不是它的主人。

要是你任何酒都喝，逢喝必醉，那是酒在喝你，不是你在喝酒。

再详细说明：酒徒分两种，一种是喝酒的，另一种是被酒喝的。

醉，又是什么？

大吐大呕，谈不上什么境界。

醉，是语到喃喃时。

醉，是飘飘然，乘鹤云游。

醉，是畅所欲言，又止乎于礼。

醉，是无条件地交给对方，又知道对方能够完全地付出给你。

除此之外，不能称醉。

只是蠢猪一只。

大吵大闹、又哭又啼、借酒装疯，都是最低的吗？

那又未必。

真正的酒徒，容许一生放纵几次，上述的情形，在你最悲哀和最欢乐时，绝对是美丽的。

问题是重复此种丑态，次数太多，那你不够资格喝酒，自杀去吧。

那么，什么是限度哟？

很简单，每一口酒都有滋味为限度。喝到分不出是白兰地或威士忌，就应该停止。

我的个性是追酒喝，怎么办？

没怎么办，不喝罢了。

我喝一口酒便作呕，但是又很向往醉的感觉，我想醉一次，怎么办？

答案是：花香令人醉，茶醇令人醉，景色令人醉，美女令人醉，读书令人醉。请你别用酒为工具，请你别用酒当借口，请你别用酒做对手。任何情形之下都能大醉。

什么酒最好喝？

配合菜色的酒最好喝：吃杭州菜喝花雕，吃日本菜喝清酒，吃西餐喝红白酒。

配合情景的酒最好喝：到俄罗斯时喝伏特加，到韩国时喝马歌丽（即马格丽酒，低度浊酒），到希腊时喝乌索（即乌佐，白酒）。

混酒容易醉，白兰地加威士忌，一喝便倒下去，你说是吗？

胡说八道。

喝鸡尾酒的人，怎么不见他们都醉死？

酒后灵感大作吗？

也不尽然，看什么媒体。

写长篇大论，醉之思路混乱，戒酒较佳。

五言古诗，七言绝句，大醉可也。练书法也可醉，怀素狂草，应该是醉后之作。刻图章却不能醉，否则把手指当石块，皮破血流。

酒能增强性欲？

是。对。不过，还要看对象是否新鲜，要不然，增强的不是性欲，是睡意。

宿醉有没有药医？

没有。喝水喝茶。蒙头大睡，是最好的治疗。

我想开始学喝酒，如何着手？

先喝啤酒吧。如果你连啤酒都感觉不好喝，即刻停止，没有必要勉强自己。要是任何酒你都认为是香的，那么你已经有了天分，自然会喝。

喝酒到底会不会伤身？

任何官能上的享受，都从小小的伤身开始。过量总是不好的，猛吞白饭，也能伤身。

我想戒酒。

戒一样东西，只有意念。戒酒中心帮助不了你。我们身体中有个刹车的原始功能，叫作"出毛病"。喝酒喝出毛病，就应该减少，硬邦邦地喝下去，也死得硬邦邦，道理最简单不过。

真的会喝死人？

真的，古龙就是喝酒喝死的。

榴梿和酒，是不是不能一块儿吃？

没有科学验证。啤酒和榴梿应该没有问题。烈酒和榴梿不试为妙。友人岳华，从前就是喜欢喝了白兰地后吃榴梿，一直没事。有一次感到胃不舒服，从此就不再喝烈酒吃榴梿。

女人和酒，你选择哪一样？

两者皆要。

不行，只能取其一！

那么还是酒。

酒不语，女人话多。

酒不会来纠缠你，你何时听过酒会开口说"喝我，喝我"？

白兰地和威士忌，你选择哪一样？

爱酒的人，哪有分别？

听说白兰地是葡萄做的，可以补身；威士忌是麦酿的，喝了不举。

乱讲。这是狡猾的法国商人捏造的故事，他们要打倒威士忌，只有出这阴招。威士忌喝了不举？你有没有看到苏格兰男人穿的是裙子？他们不穿长裤，随时可以将女人"就地正法"。

讲个酒故事来听好不好？

这是倪匡兄讲的：昔日，一个人喝酒喝穷了，下决心戒酒，但是肚子里的酒虫像要伸出手来抓舌头，不得不喝。

一天，他叫人拿了数罐美酒放在面前，又把自己绑在一棵大树上，几个时辰下来，酒虫闻着酒香，忍不住由他口中爬了出来。

这个人从此不喝酒，但是后来非常无聊，闷死了。

你最佩服的酒徒是谁？

一个叫石曼卿的。

石曼卿，宋朝人，性倜傥，行侠气节，文风劲健，工诗善画，明辨是非，嗜酒不乱。

曼卿还是一位兵法家，常预言敌方攻势，奈何皇帝不听，故曼卿喝酒去也。

当年有个布衣叫刘潜，也胸怀大志，常与曼卿一起喝酒。他们两人终日对饮，喝到傍晚一丝醉意也没有。第二天，整个京城传说有两个"仙人"到酒家喝酒，这两个"仙人"就是石曼卿和刘潜。

另一个石曼卿与刘潜的故事是他们又一起到船上喝酒，喝到半夜，船夫的酒快给他们喝完，见有斗余醋，混入酒中给他们喝，他们也照样干了。

石曼卿告老归隐，住山头，醉后拿起弓来，把数千个桃核当弹子，射入谷涧。几年后，满谷桃花。

说说你自己的酒故事。

一年到吉隆坡，已经不喝椰子酒甚久，和友人杜医生摸索到椰子林中的一家餐厅，该地炒咖喱螃蟹出名，佐以椰酒，天下一品。

但当晚该店椰酒卖光，众客大失所望。

我不甘心，跳上杜医生的吉普车，深入椰林，找供应椰酒的印度师傅。

椰酒酿制的过程是这样的：在热带的椰子林中，你可以看到一个印度人，腰间绑了十几个小罐，像猴子一样，爬上二三十英尺高的椰树。

树顶叶子下，有数根长得如象牙大小的枝干，枝干中开着白色的椰花。趁这些椰花还没有结果实，酿酒人用巴冷刀（即帕兰刀，马来人用的一种弯月形的短砍刀，适合劈砍大树）把它们削去，再在干尖处绑上小陶罐，撒酒饼（指酿酒酵母）在其中。

整棵树的营养都集中在这干尖上，吐出液汁来供给花朵结实，顶尖无花，液汁滴注罐中，一面滴液，酒饼一面发酵，制造酒精。

印度人每天收集陶罐，倒入大容器里，拿去街市贩卖，但始终是私酿，犯法的。

我们抵达印度人家，敲门。

印度人已大醉，醒来知道来意，指着屋檐下的一个装油的巨大塑胶桶说："要买就全桶买去。"

问价钱，只合港币八十大洋（元）。

即刻和杜医生将酒搬上吉普，往餐厅驾去。

一路上，已忍不住，埋头下去喝一大口。

啊，比任何香槟更好喝，是自然的，是原始的。

扛入餐厅，请所有渴望的同志大饮。

要记得，酒饼并没有停止发酵，喝进去还是不断地在你胃里产生酒精，直透胃壁，入血液，进大脑。

全餐厅同志皆大乐。

酒醉饭饱。

见油桶中酒，还只喝了三分之一。

与杜医生再把桶抬上车，往酒店直驰而去。

二人扛酒桶走入希尔顿酒店，经过大堂，众客投以好奇眼光，及闻酒香，大叹羡慕。

入房，杜医生指桶，问道如何处置。

我示意把酒抬进浴室，倒入大浴缸中，刚好半满。

夜深，杜医生离去。

我脱光衣服，跳入缸内，全身乳白香甜，凉透心肺。索性整个人潜入酒里，张口咕噜咕噜狂饮。

人生，一乐也。

我什么烟都抽，就是不抽蚊烟

父亲嗜烟，离世之前没有停过。健谈，反应极快，和我走在一起像兄弟，可见得"吸烟危害健康"这句话，对某些人来说是不适用的。

在他的遗传下，除了姐姐，我们兄弟三人都像烟囱一样烟喷个不停。

妈妈也抽烟，但几年前气管有点毛病，医生说不如把它戒了吧!

妈问道："那喝酒呢?"

医生点点头。妈一高兴，真的下决心戒掉，说："走了大娘，至少还有个小老婆!"

我在念初中的时候就偷妈的烟来抽，当时她吸的是浓郁的红点Lucky Strike（好彩），我一开始就享受极有分量的材料，而且又是个很有学习精神的徒弟，很快上手。

起初上厕所的时候一支，后来午饭后和几个同学躲在学校的后山抽。睡觉之前也吸几口，烟蒂挤熄在烟灰盅里，用脚踢入床底下。第二晚一看，已是洗得干干净净，那是托奶妈之福。

父亲抽的是维珍尼亚的英国烟叶系统，我很不习惯它的味道，只喜欢土耳其系统的美国烟。在外国念书的时候，我也常抽一种叫"金盒"的德国货，用的是土耳其和埃及烟叶，烟本身不厉害，但发出强烈的味道，喜欢的人说很香，讨厌者认为比榴梿还臭。这个系统的烟有个特征，都是压得扁扁的椭圆形。

后来这种烟越来越难买，我的烟瘾也逐渐升级，要吸法国蓝色盒子的"吉旦"或"孤花"才满足。它们真是世界上最强烈的香烟之一，没有滤嘴。在烟的一头看到的烟叶呈黑色，味道也来得更浓郁。

一天要抽两三包，给父亲知道了，骂个不停。而且这些烟在普通烟档买不到，只有去专门的地方购入。

抽这种烟的人少，货存太久，烟油从纸上透出，看了恶心就放弃了，改吸美国的流行牌子。最近又因为常咳嗽而又降级抽所谓"特醇"的。其实真正说起来我什么烟都抽，就是不抽蚊烟。

抽雪茄的男人，是天下最好看的

男人抽起雪茄，是天下最好看的。对懂得欣赏的旁观者来说，简直是种视觉的享受。而且燃烧中的雪茄烟，比任何男性化妆品都要醇厚和香郁。能够与雪茄匹敌的，只剩下陈年佳酿的白兰地。

对抽雪茄，本人，除了味觉，是充满自信的成就感的。你如果担心烟味会弄臭友人的客厅，或自己家中卧室，那你已经没有资格抽雪茄了。试想，谁会怪丘吉尔呢？

抽雪茄的第一个条件是拥有控制时间和局面的自由。

拼命吸啜，怕雪茄熄灭，已犯大忌。

紧张地弹掉烟灰，更显得小家气。应该让烟灰烧成长条，看看它是否均匀，即能观察这根雪茄是不是名厂的精心炮制。和水果一样，烟灰熟透了便会在适当的时候掉入烟灰缸中。最基本的，还是把每一口烟留在口中慢慢玩赏，多贵的雪茄也有不吸啜的过程，看着袅袅的长烟，浪费雪茄，也浪费时光，天塌下来当被盖，便自然地培养了抽雪茄的气质。

错误的观念是：会抽雪茄的人，雪茄一定不会熄灭。所以像抽香烟那样深吸，赶着见阎王地把整根雪茄抽完，口水弄得雪茄像泡渍黄瓜，喉咙似被济众水浸过，脸上发青，咳得头脑爆裂，真是可怜。

雪茄熄了就让它熄了嘛，有什么规矩说不能熄灭的？熄后重燃，会增加尼古丁的传说也是骗人的，没有科学根据。熄灭后的雪茄，轻轻地拍掉多余的烟灰，再用长条火柴转动燃烧，这样的话，不用一面点一面吸，雪茄也会重新点着，只要不是隔夜，味道不减退。

温士顿·丘吉尔曾经取笑他一个儿女成群的手下说：雪茄味道固然好，但也不能老插在嘴里。

丘吉尔抽的是什么雪茄呢？当然是指哈瓦那雪茄了。至于是哪一种牌子，当年名厂纷纷送他，大家都说是他们的那一种，但是可靠的还是"罗密欧与朱丽叶"吧。

他们的七英寸雪茄就叫作"丘吉尔"。后来其他名厂也跟着把这个尺寸丘吉尔前丘吉尔后地叫开，当成长雪茄的代名词。中年发福后抽丘吉尔才像样，清瘦的年轻人就招摇过市了。

一根"罗密欧与朱丽叶"的丘吉尔，点点抽抽。熄后再燃，可吸上两个钟点以上，只卖港币九十五元，不能说是过分的奢侈。

雪茄包装，通常是二十五支一盒。贵雪茄之中，有以小说《基度山恩仇记》的主角为名之Montecristo（蒙特克里斯托），一盒要卖到六千大洋，每支二百四十元。Cohiba（高斯巴）出的Esplendidos（导师）四千九百五十元一盒。又老又忠实的"罗密欧与朱丽叶"则是两千三百七十五元一盒。

但是，便宜的菲律宾雪茄也不少。荷兰做的亦不贵，虽说丰俭由人，但是要是达到抽雪茄的境界，则非古巴的夏湾拿莫属。

谈到菲律宾雪茄，有种两根交叉卷在一起的，起初不懂其奥妙，后来看到赶马车的车夫，一手握绳，一手抓鞭，偶尔把鞭子放下，抽抽挂在面前绳子上的弯曲雪茄，才明白它的道理。

美国电影抽雪茄的场面中，大亨选了一根，靠在耳边捏捏后转动听听，然后点着来抽。这根本就是在演戏，这么做只能破坏雪茄的组织罢了，所以千万别在人家面前做这种丑态当乡下佬。

至于保留雪茄的招牌纸环是不是过于炫耀呢？则不然。撕去也不会加强烟味。它是拢着雪茄组织的一分子，要撕掉也要等将雪茄抽剩三分之一。对付很难撕得开的雪茄招牌纸，只要用手指点一点白兰地，浸湿纸环糨糊的部分，即能顺利剥脱。最佳玩法是小心地脱下来，套在女伴的无名指，跟她说："要是没有相见恨晚这回事……"女人当然知道你在吃豆腐。但她们绝对不会心里说："哼，你用这么低贱的东西来骗我！"好女人只会咪咪地笑。

到高级西餐厅去，饭后侍者总会奉上一盒雪茄，让你挑选。别以为名牌就是最适合自己的胃口，先看看卷叶的颜色：分浅棕色claro、深棕色colorado、纯棕色coloradoclaro和黑色maduro。棕色较辣，黑色较甜。其他颜色属于甜和辣之中间。

挑选之后，你有权利轻轻地按按烟身，看看是不是像少女的肌肤那样结实而充满弹性。若似老太婆一般地僵硬，尽管退货。

有人喜欢随手把雪茄放入白兰地中浸它一浸再抽，这一下又露出马脚，只会破坏好雪茄的味道，对它是十分不尊敬的。

一般，雪茄像白兰地，越旧越醇，经过五年到七年的发酵过程的雪茄最好抽。在市面上的，是在原厂中藏了两年之后才拿出来卖的，已很过得去了。要是你坚持要收藏到五年后才抽，那得用一个保持一定温度和湿度的贮藏箱盛之，数万到数十万一个不出奇。不过，到了这个阶段，你已经不是雪茄的主人，而是它的奴隶。照照镜子，也像一个。当然，做雪茄的奴隶，做得过的。

雪糕吾爱，至死不渝

一般，甜的东西吸引不到我。就算是朱古力，也浅尝而已，但一说到雪糕，就不可抗拒了。

小时吃的，是一小贩推着脚踏车，车后架上装着一圆桶，停下车子，用支铁舀往里面挖，探头一看，圆桶壁上有一圈似霜雪的东西，就是最原始的雪糕了。

其实当时的，甚为粗糙，像冰多过像糕，但没有吃过其他的，也感到十分美味。

生活素质提高，开始有真正的一块块的雪糕砖，小贩切一片下来，夹着西方松饼，就那么吃。有时，还会以薄面包代替，这是亚洲人独特的吃法，其他地方罕见。

大公司把小贩打倒，冰室里卖起木兰花（Magnolia）牌子的雪糕，总公司好像来自菲律宾，至今该地还是以此牌子的商品见称。当今的质量当然比从前高得多，但是不能和美国大机构的比。

后来，大家都去吃Dreyer's，认为世上最好，但坏就坏在这个名字，太像美国人的。认为还是欧洲的好，欧洲人比美国人懂得吃嘛，便出现了Haagen-Dazs。

其实这个名字原先是取来针对Dreyer's的，产品也是美国人做的，但名字应该有多怪是多怪，欧洲姓氏中根本没有这些字，尤其是那两个A，第一个上面还有两点。

这一来，众人以为Haagen-Dazs最为高级，如果肯研究一下，Haagen-Dazs也是出于Dreyer's厂，而两个牌子，皆给更大的跨国瑞士机构"雀巢"买去股份，当今只是挂一个名字而已。

雀巢自己也出雪糕，但像旺角卖水果的几个摊子，属于同一老板，就连在欧洲流行的Movenpick，也是被雀巢拥有。

还是说回雪糕的味道吧。如果有选择，我还是爱吃软雪糕。到日本旅行，车子在休息站一停下，我一定出去买来吃，那种细腻如丝，又充满牛奶香味的软雪糕，是天仙的甜品，没有一种雪糕可以和它比较。

口味当然也有变化，看季节，水蜜桃当造时（**粤语，指吃水蜜桃的时节**）有水蜜桃软雪糕，葡萄、蜜瓜和其他的，以此类推，但都不如云呢拿（**港式用语，指香草**）好吃。所有牛奶雪糕都加了云呢拿，有些高质量的，还用真正的云呢拿豆荚，刮出种子，取其原味。

一般的都是人工味的云呢拿，其实，当今的水果味，皆如此，还是吃绿茶软雪糕可靠。

也不可被日本人骗去。做软雪糕需用一个机器，愈大愈精细。看见小型的雪糕器，就别去碰了，它是用一个硬雪糕扮的，放入机器中压出来，口感大劣。

如果没有软雪糕吃，那么只有接受硬雪糕了。说到硬，是真的硬，冻久了硬到像石头一样。每次乘飞机，飞机餐不要，只向空姐要一杯雪糕，拿来的皆为石头。

我的解决方法是要一杯热红茶，两个茶包，浸浓后，用来浇在雪糕上面，一溶，吃一点，再溶，再吃。

有一次到了温泉旅馆，泡后整身滚热，买来的雪糕还是那么硬，见房间里有一个蒸炉，就拿去蒸，活到老，吃到老，蒸雪糕还是第一次。

Haagen-Dazs到处设厂，有时也把版权租给当地商家，可以自行出不同口味的雪糕，但要得到原厂批准。日本出了一种红豆的，非常美味。不过，有一种叫Rich Milks，牛奶味的确奇浓无比，是该牌子的最佳产品，各位去了日本不可错过。

另一种好吃的叫Pino，各样口味的雪糕馅，包上一层朱古力，呈粒状。小的每盒六粒，大的三十二粒，保你吃完还觉得不够。

除了这些大牌子，私家制的雪糕千变万化，日本人做的有薰衣草雪糕，吃了觉得味道像肥皂。也有墨鱼汁雪糕、酱油味雪糕，茄子的、西红柿的、鸡翼的、汉堡的。"天保山雪糕博览会"内，有一百种以上的口味。

还是限量产的雪糕好吃，每地不同，层次各异，吃完了美国雪糕就会追求意大利雪糕，和意大利人一说到Ice-Cream，他们就说什么叫Ice-Cream？我们只知道有Gelato，其实，讲来讲去，也不过是雪糕。

意大利雪糕很黏，但土耳其雪糕更黏，是用一根大铁棍去"炒"的，但集各国雪糕大成的是南美诸国，像波特黎加，雪糕简直是他们人民的命根，不可一日无此君。

尝试过自制雪糕，当今的私家制造器还是十分原始，要冻在冰格中半天才能用，制造过程也十分复杂，洗濯起来更加麻烦，还是去超市买一加仑大盒的回来吃方便。

从前的雪糕盒斤两足够，大老板雀巢认为成本可省则省，当今的雪糕盒看起来和旧的一样，但是已缩小了许多，只是让消费者不觉察而已。

雀巢产品也有好吃的，其中的Crunchy也是包朱古力的，我可以一吃一大盒，数十粒。在日本吃软雪糕，一天数个，一次在北海道，还来一个珍宝型的，七种味道齐全，全部吞进肚中。

"你要吃到多少为止？"常有朋友看到我狂吞雪糕问我。

我总是笑着回答："吃到拉肚子为止。"

好吃的水果们

我对水果的定义，是非甜不可，如果要吃酸的，我宁愿去啃柠檬。

什么水果一定是甜的呢？马上入脑的是水果之王榴梿，它的糖分应该是果中最高的吧？

至于果后山竹，就有时酸有时甜了，从外表很难看出，只有种植的人知道哪一棵树长出来甜，水果树中也分贵族和平民。

木瓜有甜和不甜的，绝不会酸。橙也是有酸有甜，和苹果一样。最甜的橙，样子奇丑，可以说愈丑的愈甜，墨西哥红橙、泰国绿橙，都甜。苹果酸起来真是要命，那品种是给人用来做苹果派的，不能生啃。但最甜的苹果也不能采下来就吃，有些要存上几星期至一两个月，待糖分氧化后才美味。日本人干脆把蜜糖注射进苹果，包甜。

对于这些有酸有甜的水果，你要是问小贩："甜吗？"

"甜！"他们肯定回答。

结果，上当居多，明明知道这是天下最愚蠢的问题之一，但是很奇怪，下次遇到，又再问了。

最后，大家都去买日本水果，因为质量有信用。在九州岛生产的杧果，一颗要几百块港币，都照掏腰包。其实有多少人吃得出那是日本杧果？中国台湾也产同样的，还给日本果商拿去鱼目混珠，卖给同胞呢。

最搞不懂的是日本樱桃，用精美的木盒装着，表面有片玻璃。数它一数，不过三四十颗，竟然要卖到三万日元，当今兑换率约是

0.085，合二千五百五十多块港币。也有笨蛋买了，送我一颗，一口咬下，是酸的。

同样价钱可以买到十盒澳洲塔斯尼米亚产的樱桃，又肥又大，一盒上百颗，甜得要命，但要选黑魔鬼牌子的才好买，其他也有的很酸。

澳洲在地球下面，与香港的四季相反，所以香港人有福了，在没水果的季节里，我们可以在冬天吃到荔枝、龙眼，听说他们正在研究榴梿，好像还没成功。

当今马来西亚的榴梿树也变种了又变种，一年从头到尾都有的吃，只是不香而已。又据说已经接了枝，榴梿树都长得很矮，再也不会从高处掉下。马来西亚种的树上熟而落地的，与泰国摘取的不同。

澳洲也有包甜的水果，那就是广东人叫的番鬼仔荔枝，潮州人称为林檎，英文名字Custard Apple，它长得又肥又大，像颗小柚子，最甜不过，也是我最喜欢的水果之一。从前泰国种的比马来西亚种的大，但与澳洲的一比，又是小巫见大巫，当今连泰国人也要把澳洲种移植过去，种出更大的了。中国台湾人把它拿去和菠萝混种，长出更大更绿的，称为"释迦"，因为和佛祖的头发一样。

南洋有种水果，一味是酸，干脆取个Soursop名字，中国人叫它为红毛榴梿。身长幼刺，绿皮，形状似杧果，长得比杧果大五倍左右，切开，肉白，内有黑核。很奇怪地，这种水果后来也长出甜的来。

像火龙果，越南出的皮红得发紫，肉灰白，有细核，但不甜不酸，毫无味道。变种后，全身和皮一样红了起来，带了一点糖分。但是来自哥伦比亚的火龙果，黄皮，肉甜得漏油，也是我喜爱的。做香港人真幸福，还能吃到南美水果呢。

奇异果的老祖宗来自中国，有点难以置信。当今在新西兰开花结果，全国皆种，新西兰人更自豪到称自己为奇异人（Kiwis）。初尝此果，酸到五官都皱在一起，数十年都不敢去碰，后来变种，长出黄金色皮的，多次被劝，才试了一口，果然甜似蜜。

欧洲的水果都偏酸，只有梨比较可靠，不会上当。吃自助早餐时，从水果部分的选择，我一定挑西洋梨。西洋梨在东洋发扬光大，日本山形县出的更香更甜，用的是法国种，为了纪念祖先，称之为La France。

任何水果，一来自日本，就是贵、贵、贵。我反对违反大自然地把西瓜变方、变成人面、变成金字塔形，但在宣传上是得到其功效的。温室种植无可厚非，从前日本的越后是个被风雪冰封的不毛之地，当今有了温室，种出多种甜蜜的水果来，养活不少人。

在冬天是没有水果的，日本果农团结起来，在夏天不种草莓，到了天寒才在温室中培养，让大家可以吃到又肥又甜的，这点可以赞许。

至于粉红又大如孩子脸的富士苹果，市面看到的，也多数是由内地供应。最初样子像，但味不佳，如今已改良得和日本的一样。其他品种的水果，也都在国内大量种植，凡是有钱赚，为何不赚？地多的是。

苏美璐的女儿阿明来港时，我最喜欢买沙糖桔给她吃。这种貌不惊人的小果实，吃起来名副其实，沙糖一般甜。近来在街市上走，已经满街是沙糖桔，十块港币四磅，扔下二十大洋，一大包抬回家。一吃，什么叫沙糖？酸死人也。那是大量种植的后果，又不知道施了什么乱七八糟的农药，搞出个变形怪物来。

"为什么沙糖桔不甜？"我问小贩。

她笑着说："只有广东的四会来的沙糖桔才甜，现在的也不知是不是北方的原野种的，当然不甜啦。"

"那么哪里可以买到四会的沙糖桔？"

小贩又笑："人家内地有钱，自己人都在抢购，什么时候轮到香港人吃？"

听了沉思甚久，刚才说的香港人真幸福，什么水果都有的吃那句话，要收回来了。

不如喝杯普洱茶

程氏夫妇，认识多年，他们曾在新加坡住过一个时期，返港后我们经常聚会。育有二子，除上学，还身教，一有假期就带他们到世界各个都市的博物馆，并享受名厨美食。

大家没有联络已久，一日，接母亲电话，见面时，母样子依旧，小儿子已经长大成人，彬彬有礼，是位好青年。

问近况："对什么最有兴趣？"

"饮食。"儿子程韶伦回答。

真奇怪，友人子女，都想干这方面的事，大概与从小吃得好有关系。

"干餐厅，很黐身（粤语词汇，指纠缠不清）。"我说。

"不是。"他妈妈说，"你先听听他的。"

"你知道的，我们家族和云南的关系很好。"程韶伦说，"我一向爱喝普洱茶，便顺理成章地想做普洱茶生意了。"

"那更糟糕，要辨别普洱茶的真假和好坏，最少也得再花几十年工夫。"

"不是卖茶饼，而是现喝的。"他说。

原来，程韶伦大展拳脚，购入最新机器，在最卫生干净的环境下，采集天然森林生长的大叶种乔木茶，其中有树龄三百年以上的野生古茶树和五十年以上的有机茶树，不需要施用化肥和农药，以高科技提炼出普洱精华来。他取出样板给我看，是牙签纸筒般大的包装，一撕开，浸入滚水或冷水中，即刻溶化。

对味道还是表示怀疑，我喝了一口，不错不错，刚好要出门旅行，喝他的普洱精华，早中晚餐都来一杯，方便到极点。程韶伦也做过SGS检验报告，证实此精华的儿茶素、茶多酚含量高达六十二点九巴仙（指百分之六十二点九），这些活性成分有强烈的抗氧化、抗病毒和防癌防老的作用，一杯相当于六杯传统茶。

名为"吃茶去"，汉狮集团出品，当今已在市面上，可在置地和圆方的"Three Sixty超市"、九龙城"永富"以及小店"一乐也"买得到。

吃的，只是份盲目的爱

小时候，父母都逼我们吃一种补脑的药品，名为"散纳吐精（Senatogen）"。

一大汤匙黄颜色的粉吞下，味道可真难闻，有点像甲由（yuē yóu，多用于方言，指蟑螂）的排泄物，虽然我们都不知道排泄物是怎么一个味道，总之最难闻的，都称为排泄物，吃了进去，即刻想吐。看瓶子的招牌写吐精，当年还没有长出来，不知精是怎么一回事儿，想吐就是，管它什么精。

说明书上，也无壮脑的句子，说是多种维生素罢了，不知中国人怎么会把脑子和它拉上关系，一传十，十传百，所有的家长都迷住这个产品，反正自己不用服，难不难吃无所谓。

看它的成分说明，只是些碳水化合物、脂肪和蛋白质，有一项提及精力，究竟是什么精力，也不加注解，总之有劲就是，会增加体力，尤其在生病和受伤之后，又说对婴儿和刚生完育的母亲有帮助。说明中也提到它有高成分的"酪蛋白"，也称为"干酪素"，大概是奶酪提炼出来的东西。那么，为什么不干脆吃奶酪？为了想知道多一点关于"散纳吐精"的资料，试试上网找。某某厂的网站上只解释维生素的作用，可能这家厂已转型，变成卖其他成药的了。

去药房找，店里的年轻伙计瞪大了眼望我，像看到一个疯子。"吐什么精？"他问。店里走出一个老头，可能是他爸爸，向他喊道："补脑粉嘛！""唔，你要吃补脑粉，何必一定买这牌子的东西，我们店其他产品多的是，介绍你几种别的。"他说。

我摇头，算了，走出店外。小时候吃了那么多，是白白浪费了，至今头脑还是不好，但那股味犹在口中。吃的，只是份盲目的爱。

我喜欢看别人吃东西，多过自己吃东西

其实，我喜欢看别人吃东西，多过自己吃东西。

什么都吃，吃得津津有味的相貌，是多么赏心悦目。

最怕遇到对食物一点兴趣也没有的人，这种人多数言语枯燥，最好敬而远之，不然全身精力都会被他们吸光。

各有选择，我对素食者并不反感，尊重他们的权利，你吃你的斋，我吃我的荤，互不侵犯。

讨厌的是吃斋的人喜欢说教，认为吃有机种植的蔬菜才是上等人，吞脂肪的人像患麻风，非进地狱不可，永不超生。

素食者人数一多，对肉食者群起而攻之，凡肉类，都是病源。我没有不舒服，却一定要说到我去看医生。

素食者人数一少，便眼光光地坐在一旁，看别人大鱼大肉，自己做委屈状：啊！我这个可怜的人，什么东西都没的吃！啊！可怜呀！好可怜呀！

已经专为这种人叫了一碟什么罗汉斋之类的。一上桌，试了一口。咦！怎么这么难吃？从此停筷，继续做他们的委屈状。

当然，又不是素菜馆，大师傅烧不惯，像个样子已经算好的了。不吃白不吃！算了！

吃素没什么不好，但是强迫儿女也一起吃斋，就是罪过。这些人的儿女长大后，和他们的面孔长得一模一样，面黄肌瘦，可憎。

有一位朋友，不但不吃肉，连蔬菜也不碰，一味喝酒。她一坐下来就向各位声明，不太吃东西，主人不相信，拼命夹菜给她，她只是笑笑，也不拒绝，但不碰就不碰，反正早已告诉过你，不能说我浪费。这种人，什么都不吃，也可爱。

人生幸福，莫过于沐浴一场

谈起洗澡，余生晚矣，如果能活于罗马时代，躺在池边，让奴隶们抹香油，再由美女把整串的甜葡萄喂入口中，那有多好。想到当年的葡萄品种原始，一定有核，连核吞下的感觉并不好受时，由梦中惊醒。

现实生活中试过的是各式上海澡堂子，擦背功夫，应该不逊鬼佬，总算有点安慰。

高级享受是泡日本温泉的所谓露天风吕，望着无际的枫叶，蔚蓝的天，脑中一片空白，让热水接触到每一个细胞，不羡慕神仙矣。

旅馆供应入浴用品，传统的地方给的是一块长方形的薄巾，并非现代化的毛巾，把布浸在冰冷的水中，扭出水滴后叠合铺在额上，这么一来才不会让血流冲上头来，这是泡温泉的秘诀。

好旅馆应有侍者奉上一个扁平的木盒，乘着几瓶清酒，漂于池中，让客人一面聊天一面细酌。

在丹麦旅行时也试过当地的露天浴，记得是个晚上，仰天看着无污染的天空，数不尽的星星。侍者催促起身，被带到结冰的湖，钻了个洞，整个人浸进洞里，惊醒了全身的神经，随着跳起，这时候由身体发出的热量和外界的冰冷空气混合，形成一件蒸汽的衣服，白蒙蒙的，美得不能用文字形容。

张艺谋和巩俐告诉过我，他们有几十天不洗澡的纪录，皆因缺水，这可理解，最不明白的是法国不爱沐浴的人的心态。这么美好的过程，岂能忽略。

住在巴黎的女友家环境不错，但除了花洒之外，就是那个洗涤局部的"比叻"。事后她叫我用，我才知道原来"比叻"是不分雄雌的。我笑说这是我见过的最小的浴缸。

也曾经去过纽约的旧公寓，发现浴池比洗脸盆大一点，是个四方形的东西，而且很高，要爬上去才能打坐式地入浴，但是水只浸到大腿罢了。朋友说这是犹太人建筑物，他们是否也冲凉？我想最多用条毛巾揩揩身体，真是可怜。

我认为现代生活的基本条件，是个浴缸，冲洗的是一天的疲劳。

圆形的"惹库齐"由四道水管喷水，说是按摩全身，但有没有效的确是疑问。泡浴缸应该是和平的、宁静的，并非四方八面围剿。

这次在外国的酒店中，试到浴缸对面墙里镶着一台电视机，隔着防雾水的玻璃，好在没播什么精彩节目，不然的话一定泡到脱皮。

理想的浴室应设于一个一千平方英尺左右的房间，空空洞洞，不做摆设。中间放着一个古典式的搪瓷浴缸，下面铺着木地板，阳光由一边射入，透过窗框，在热水的蒸汽上面造几道光线，似幅沙龙作品。

但并不是每次入浴都有优美的环境，既来之则安之，可以保持清洁，已是福气。

儿时的浴室中置有一大皮蛋缸，由水喉淌水积满，缸上铺着块横木，放着把木勺，泼水冲之，虽然原始，但也是乐趣。

搬家时新屋有把花洒，倒圆锥形的器具上钻着许多小孔，一开水喉便有无数的水线喷出，的确是新奇的玩意儿，虽然只有冷水，已觉得生活素质改进许多。

开始有热水设备时，老觉得本来是一身汗的，冲完凉还是一身汗，直到那么一天，没有热水，一洗就感冒，人生的享受是增加了，但是身体脆弱了。

出了中国到日本，根本就没有浴室，家中有间私人洗手间已经算是好待遇。

跟着邻居，拿一个小塑料桶，桶中放条毛巾、肥皂，便步行到公众浴室去。

经过寿司店，酒瘾发作，进去饮个两杯，和旁边坐的一个老头谈起天来，他感叹地说："唉，我见过无数的赤裸裸的人生。"

听了觉得这个老者谈吐富有哲学。

到浴室之后才知道他是看管澡堂子的，坐在高台上望着男女两边出浴，怪不得看过那么多赤裸裸的人生。

浴室外写着个巨大的"汤"字，分"男汤"和"女汤"，日本的"汤"，做热水解，我们习惯用在"汤面"的"汤"。走进去看到一个大浴池，跳了进去即刻跳出来，水热得烫人，浸在里面五分钟的话一定热出汤来。

多年的外景工作，带我试过各种入浴经验。在印度的恒河边，和群众一起浸在黄泥水里。韩国的深山中，以冰凉清澈的泉水洗澡，觉得可惜，这是用来沏茶的呀。

泰国乡下旅馆，冲花洒冲到一半，几十尾蜈蚣从流水洞口倒爬出来，只好光着身体冲出走廊大声呼喊，旅馆女工哈哈大笑，当然不是指着蜈蚣说小。

几个月下来，终于杀青，回到所谓的文明社会，第一件事便是租家大酒店好好地泡一个热水澡，洗呀洗呀，起身时看到浴缸壁上留着一道黑色的痕迹，毫不觉污秽，反而是阵喜悦的成就感。

做一场SPA，绝对有益身心

　　SPA这个词，至今还没有一个正式的中文译名。通常是指五星级酒店或度假村的一项沐浴和按摩的服务，但也不仅限于此。

　　有些旅馆将它翻成"香熏理疗"，因为在按摩过程中燃烧各种香油，据称能够直接渗透肌肤内层，刺激淋巴组织来排除体内毒素。

　　每一个SPA一定设有些重型装备，来个下马威。首先是一座由各个角度清水洗涤人体的机器，有点像法医官在解剖室中用的那种。

　　再来是个大浴缸，人躺进去，漂在水面上，护理员盖上盖子，一片漆黑，据说能够舒缓神经，我则认为有点像《二〇〇一年太空漫游》那些冷冻航天员的棺材，相当恐怖。有了这些机器后，就可以对付你的身体了。有各种方法，像用粉红沙漠盐摩擦一番，再涂一层泥浆，据说能彻底净化身体。

　　涂身之物变化多端，有些什么印度神油之类的药物，味道古怪，颜色迷幻。也有些用海藻和蜂蜜，以及各种烧菜用的油。涂了身体再涂面部，据称能够令黑人变白人。这是有根据的，护理师说植物果酸能把皮肤外层的细胞破坏，长出新皮，不就白了？你不相信？大把人相信。剪指甲，脚的和手的；眼部护理，减少眼边皱纹以及滋润双目，等等。

接下来是按摩了，典型的有瑞典按摩，简单来说，就是涂油罢了。用油来推你全身，这种按摩最没技巧可言。还有脚部按摩和所谓的气功按摩，前者有点道理，后者胡说八道。天下哪有那么多气功师傅来点你的穴位？

别以为我不喜欢SPA才说那么多坏话，我爱极了，但那些什么香熏等服务是没用的，我最喜欢的是泰式古法按摩，女师傅用推拿和拉动促进身体灵活度，绝对有效，你应该试试。

你做你的，我做我的，老死不相往来

自己做过饮食节目，也最喜欢看别人的。打开电视，一转就是旅行和吃东西的台。

最难看的，是遇到任何菜，试了一口，还没细嚼，就发出长长的"唔"的一声，开口也不说好吃与否，来一声："得意（在粤语里有夸赞的意思，表示很棒）。"

明明是很普通的，吃完了总举起双指，做一个"V"字。

讨厌到极点。

看外国厨师做菜，用口小锅，一支叉，用牛油橄榄油，煎它一煎，下大量忌廉，又挤半个柠檬，再加叶子装饰，最后淋上酱汁作画，搞个半天，那碟菜上桌已是冷冰冰，有什么理由说得上好吃？

见中厨做菜，这里雕个渔翁钓鱼像，那里摆成一只凤凰，经过那么多层的手捏，看得我毛骨悚然。

材料方面，洋师傅用来用去，总是三文鱼。我已说过三文鱼已是饲养，全身着色，败坏了也不发臭，不知有多少虫子在爬，所以一看到也倒了胃口。

最近，他们学会吃日本鱼生，外国厨子也常以金枪鱼（Tuna）代替三文鱼，把肉斩碎，用一个铁圈子圈着，再插上罗勒菜，又是一道所谓的fusion菜（fusion food，指无国界料理），只有让年轻的主持人去做"V"字状了。

也不明白洋人为什么对西红柿迷恋，什么菜都下西红柿，不只鲜西红柿，还要下西红柿酱，又是大量的忌廉，吃得津津有味。

薯仔也是一样的，烤的、蒸的、煮的、磨成粉的，尤其是炸的，真的那么美味吗？简简单单的一道炒土豆丝，也比他们做得好吧？

看了那么多烹调节目之后，得一个答案：生活习惯和水准的不同，不能一概而论。自己爱好的，别人并不一定喜欢。你做你的，我做我的，老死不相往来就是了。

逛书局，是一种人生乐事

逛书局，对我来说是一种人生乐事，是许多在网上购书的人不懂得的。

不爱读书，对书局这个名字已敬而远之。"输输"声，今天赛马一定赢不了，他们不懂得看书的乐趣，我只能同情。

书有香味吗？答案是肯定的。纸的味道来自树木，大自然的东西，多数是香的。逛书局，用手接触到书，挑到不喜欢的放回架上，看中的带回家去，多快乐！唯一的毛病，是书重得不得了。

在香港，我爱去的书局是"天地图书"，香港岛、九龙半岛各一家，书的种类愈来愈多，当今连英文书也贩卖了。

专卖英文的，有尖沙咀乐道的Swindon（斯温登，香港书店），光顾了数十年，入货还是那么精，找不到你要的，请他们订，几个星期便收到。

日文书则在"智源"购买，它的藏书丰富，杂志更是无奇不有，订购货期更是短。

在伦敦的话，有整条街都是书局，英文书一点问题也没有。巴黎则只有在罗浮宫对面的 Galignani（加利尼亚尼，法国书店）了，买完书到隔几家的Angelina（安吉丽娜，法国书店）喝杯茶和吃点心，又是一乐。

在中国内地，书店开得极大，让人眼花缭乱，看得头昏，我只是锁定了要什么种类的书，看到了就买，不见算数，绝对不逛。

逛的意思，是有闲情。书店不能太大，慢慢欣赏，在里面流连上一小时，才叫逛。

逛，也是只限于熟悉的地方，人也要熟悉，每一间总有一两位百科全书脑袋的店员，请他们找你要而不见的。这些人，是书店的一分子，永远隔不开，少了他们，书店也没资格叫书店了。

当今中国香港的一些英文书店，为了节省成本，请菲律宾籍店员管理，多数又老又丑，我绝对没有种族歧视，但有时看到她们那爱理不理的表情，心里总咒这家书店执笠（粤语里指倒闭）。

做自己觉得快乐的事，乐到病除

从前，在街上卖膏药；当今，在电视、报纸、杂志上推销。药不吹嘘，无人光顾。

在外国和一些地区管治得很严，没真正效用的，乱宣传一番，会被告将官去。中国香港的药物条例，是一些所谓的健康补品，不受拘束。

这一来可好，种种的减肥药即刻出现，都当成补助的，大吹大擂。要减肥，吞几粒药丸就达到目的？广东人说"边度有咁大只蛤蟆随街跳"（粤语俗语，意为天下没有免费的午餐）。那么便宜？三岁小孩也不相信，如果真正有效，已得诺贝尔医学奖。

更好笑的是丰胸丸，吞了几粒，二十八英寸胸围变三十八？哈哈哈哈。

有一阵子，说鱼的油最好，含有什么omega-3。也不即刻见效，没有结果，不过各种鲨鱼油丸出现了。但是又有人说，鱼油没用，鱼骨才是真正能治病的，大家又去吃鱼骨丸了。

忽然，灵芝像是仙药，众人纷纷吃灵芝丸。但是，也有人说灵芝不灵，云芝才灵，又去抢购云芝。但是，据研究，灵芝云芝，只是菰菌类而已，和冬菰草菰没什么分别，精华在其胞胎破壁后的分子，又不买灵芝云芝了。

最后，有人说，要是你本身体内的毒素不清除的话，吃什么药丸都无效，结果发明的又是一颗丸，叫清毒丸。

我们的药丸，愈吃愈多。降高血压的、治糖尿病的、医前列腺的、补肝补肾的、防癌的、抗衰老的，一吞数十粒，有的药个子很大，肥肥肿肿的，不必吃饭，药已饱肚。

自己吃了，就逼儿女吃，小时候给父母捉灌那又腥又臭的鱼肝油，还有一种叫散纳吐精的补脑粉，臭虫味，记忆犹新。

减肥丸、灵芝丸之前，已经有维生素，当年父母给我们吃维生素A、B、C、D、E丸，也不知道什么打什么。最后，我们要求维生素M，代表了零用钱，功效最清楚，有了即刻的快乐。

恋爱，因为不断被出卖才有趣

男人一收工，就躲进房间，看漫画或打电动游戏机，整天和计算机为伍的，日本人叫他们为"御宅"（otaku）。

御宅愈来愈多，出现了《电车男》一类的电视剧和电影，很受欢迎。

大家以为患有孤僻症，与家庭和社会隔绝的，都是男人，但是错了，原来也有"女御宅"（onna otaku）的。

最近她们一起去看演唱会，从十几岁到六十几岁，一集合就是两万人。台上表演的并非歌星明星，而是配音员。

配音员？不是在幕后的吗？也能成名？原来女御宅看了电动游戏机后，爱上帮男主角配音的人。对声音着了迷，当然也想看看真人的庐山面目，目前这群配音员大红大紫。

卖得最多的少女电动游戏叫Neo Angelica（新当归）和Leon（里昂），前者是纯爱物语，后者还加了露骨的性爱场面，满足观众的幻想，女御宅要一层层地打上去，才能解决恋爱上的问题和苦恼，最后和男主角成为眷属。

说了你也不相信，我们以为玩卡通游戏机的都是儿童，但目前的日本漫画，已经全部是大人看的。男御宅集中在秋叶原，女的不执输（粤语词汇，指吃亏），聚合在池袋，有一条街专卖女御宅商品，称为"乙女路"。

乙女路上还有乙女咖啡室，客人互相讨论玩游戏机的心得。侍者也把发型弄得和卡通人物的一模一样，画上一对大眼睛，多数是女人扮男人，现实生活中的男人，都没卡通里那么美。

九州岛此行，我们的巴士小姐也是一个女御宅，问她说："为什么会那么沉迷？"

"玩游戏，不会被男人出卖！"她回答，"做人做得太辛苦，有时在游戏里逃避一下，也是好事。"

"可是，"我说，"恋爱，是不断被出卖，才有趣的呀！"

她听了，似懂非懂。

放下一切，走吧

欧洲的国内机，又窄又小，当然没有电影看，只听录音书罢了。在巴士上，我也读不了书，全靠听。只在酒店房间，才翻翻正式书本，这几天重看了《在路上》（on the Road）。

这是作者杰克·凯鲁亚克（Jack Kerouac）的半自传性著作。此君之前没写过书，文学修养也不是特别好。总之在旅行途中，有什么记什么，并无什么特别的趣事，啰里啰唆的，到底有何种力量，吸引我再读此书呢？

不单是我一个人，天下爱好旅行的人，都在重读。2007年是它出版的五十周年纪念，日子，过得真快！

在20世纪60年代，此书影响了整个文坛，卷起一阵颓废之中又求知的风潮，创造了"垮掉的一代"（Beat Generation）。

作者的旅程，当今看来，短暂得可笑，只有一千七百二十七里长，走的都是美国的乡下，连外国也还没踏出一步呢。

五十年来，平均每年还能卖十万本，加起来是个惊人的数字。这本书将一直畅销下去，成为经典，是经过时间的考验的。

一接触到它，你就会染上"放翁癖"，从此爱上旅行，一生乐此不疲。

这本书最强烈的信息是：放下一切，走吧！

愈年轻看这本书愈好，马上出发。其实老了也不迟，重要的是精神上的解放，而不是实际的旅行。

　　五十年前的作者，只够钱买汽油，用一辆破车和朋友到处流浪。当今的旅行，可以说是历史上最便宜的时候，所有物价都在高涨，只有机票愈来愈便宜。

　　还等些什么呢？出门吧！你目前的工作并非没有你不成的，别把自己看得太重。

　　你要照顾的人，也不会因为你不在他们身边而马上死去。多看天下，多观察别人是怎么过这一生的。回来后，你会对别人更好，你会对自己更好。

　　如果你还犹豫，就去买这本书来看看。读原文最好，台湾人也应该翻译过，书名译成什么就忘记了。

　　作者杰克·凯鲁亚克在短短的三个星期内就写完这本书。

　　他用一张张九寸阔的纸连贴起来，成为十二尺长的长条，放进打字机内打出来，从来没有断过句子，连续书写。到最后，这卷纸变成了一百二十尺，中间也用笔修改过几次，终于在1957年，由Viking Press（**维金出版社**）出版成书。

　　这卷原稿在2001年拍卖，售价二百四十三美元，买主把它拿去十一个城市展览之后，存于凯鲁亚克的家乡的博物馆里至今。

　　五十年后的今天，USA Today（《**今日美国**》）报社的记者跟着作者的路线，走了一趟。

当年凯鲁亚克从芝加哥出发，他写道："我只想在深夜里消失，躲进一条路上，去看看我的国家的人，在干些什么事……"

记者看到的沙漠上的绿洲，被小型购物中心取代，购物中心里面有张震动按摩椅子，你花五美元，就可以享受一个小时，这都是凯鲁亚克没有看过的事。

路上的餐厅，多数是麦当劳的连锁店，还在推销新产品，但并不好吃。住的酒店，房内的电视机还是低科技的，播着免费的CNN新闻和收费的色情电影，房租也要八十五美元一晚了。

路上经过爱荷华监狱，狱墙愈搭愈高，有档人家在卖雪糕，店主说这附近反而很安全，因为有台二十四小时的电视监视着，但几年前还是有人逃狱，大概受不了雪糕的引诱吧？

加油站中卖的全是保健药品，原来强壮的司机大佬也注重起健康来。一切在改变，但青山故我，记者还是被大自然感动，没有后悔地走完这次旅程。

凯鲁亚克最后一站是到达曼柏斯的纳斯维亚，这个终点成为每年最大的音乐节地点，所有摇滚歌手，不到这里表演一次，终生有憾。

《在路上》一书也影响了后来的嬉皮一族，年轻人对固有的生活感到枯燥，旅行去也。爱花、爱自由，与他们的后代优皮一族的爱安稳、爱享受，有很大的分别。

做得到的话，不必怕

经济海啸的大气候之下，我们这些小市民能做些什么？独自扭转逆市？但也不能老是愁眉苦脸呀！

市道低迷时，租金下降是必然的后果。这时候，最好是去开食肆。

股票和房地产，高也好，跌也好，人，总得要吃。赚到钱大肆庆祝，吃餐豪的；亏了本，也吃餐豪的。总之吃得下肚的就是自己的，今后能不能花那么多钱不知道，当今还剩下一点，就先吃光它吧！

多看几家，可选的大把。不必同情业主，这么多年来，受他们的压榨，租金一升加倍，可恶到极点。

有些非贵价不租，而空在那里的，当今愈来愈租不出去了，真是该死！能压到多低是多低，轮到他们减半了。

开什么店呢？

你们不是很有理想吗？在贵租的时候。

实现你的愿望的日子来到了，要干就要抓紧机会。但可以再观察一阵子，租金还是要降的。不过不能等得太久，先打一个预算，负担得起的话，就得进行。如果降得更低，也不必后悔。

哪一类的餐厅都好，先问问自己：有什么菜式与众不同？跟别人的一样，那你打消这个念头好了，执笠的居多。

别以为开餐厅的人都是商人，其实他们和艺术家一样。艺术家要有天分，从小锻炼，每天学习，才能成"家"。你只是半路出家的话，那么不要一早就想开连锁店，是达不到的。勤勤勉勉来一间小杂货店，就没那么大的心理负担，较易。

准备一笔额外的钱，亏完了也不影响生计，那么你就有机会玩它一玩。

当今在香港一开新餐厅，就有报纸周刊的记者争着来报道，再加上口碑，成不成功，六个月就见效，不必死守。不行的话快点离场；能赚一点，就能维持下去，没有中间路线。

平、靓、正这三个条件，永远是黄金教条。做得到的话，不必怕。

叁

不如开心过一生

每一天都问自己活得好吗。

散散步，

看看花，

是免费的。

每天吃，每天笑，人生夫复何求

和倪匡兄到星马去演讲，新加坡一场、吉隆坡一场、槟城一场，各地住上两天。

主办当局问说："演讲应该有个主题，你们的主题是什么？"

哈哈哈哈，倪匡兄和我连笑四声。我们演讲，从来没有什么主题，反正由听众发问，他们想听什么，就讲什么好了。自说自话，人家不觉好奇，又会有什么效果？

不过，我向主办的大员早慧说："倪匡兄喜欢吃鱼，要多准备几餐。"

"我早就知道了，"她说，"有很多鱼餐，但也有一次吃娘惹菜。"

"不必什么娘惹菜，还是餐餐是鱼好了。"

"但是马来西亚出名的是河鱼呀。"

"马来西亚的海鱼种类可真多，但河鱼肥起来有时比海鱼好吃，准备些大条的苏丹鱼和巴丁鱼吧，但都要野生的。"

"知道了，知道了，我还叫人找到野生的笋壳鱼呢。"早慧不应该认识我们这些麻烦朋友。

一想起掀开河鱼肚充满的油膏，就要抽纸巾擦嘴，倪匡兄一定也会高兴。

本来是从槟城直飞返港的，但时间不对，早慧安排了我们去完吉隆坡一天之后，飞去槟城，从那里陆路乘车一站站折返吉隆坡，再住一晚，然后从吉隆坡回香港。这也好，路边可吃的东西还真多呢。

我把修改过的行程告诉倪匡兄，他耸耸肩："无所谓，你说什么就什么，我负责的，只是去吃吃喝喝。"

再打了一个电话给我弟弟蔡萱："请你准备一根拐杖，爸爸用过的，选一根就可以。"

"要拐杖干什么？"他问。

"拐杖带上飞机很麻烦，只好在当地买，下机后即用，放进行李中带回香港。和倪匡兄旅行，每到一处都买一根，希望今后他的客厅摆满拐杖。"

和他旅行，真是一乐，每天吃，每天笑，人生夫复何求？

等到成熟时，自会起变化

小朋友问我："我总不能填满那四百字的稿纸，不是太长就是太短，怎么办？"

"这样吧。"我回答，"不如把那四百字分为四个部分，一个部分一百字。"

"你是不是开我的玩笑？"小朋友恼了。

"不，不，我是正经的。"我说，"文章结构，总有起、承、转、合，刚好是四段。"

"那不是太过刻板吗？"小朋友不服气。

"基本训练，总是刻板，所有基础，没有一样是有趣的。等到你成熟时，就起变化。"

"怎样的变化？"

"起、承、转、合"，我说，"可以变成合、转、承、起。或者任何一个秩序都行，只要言之有物。"

小朋友说："我明白了。如果将'转'放在最后，就变成了一个意外结局（surprise ending），等于你常说的棺材钉。"

"你真聪明，一点就会。"我赞许。

"那么每一段不必是一百字也行？"小朋友还想确定一下。

"那是打个比喻。"我说，"先解决你写得太长或太短的疑问。"

"但是有时还患这毛病呀！"小朋友说。

"那么，你宁愿写长一点。修改时，左删右删，文字更是简洁。"

"有时不知道要写些什么才好。"

"我也是一样呀。"我说，"所以要不停地观察人生，不断地把主题储藏起来。"

"有了主题有时也写不出呀！"

"那么你先要坐下来，坐到你写得出为止。这也是一种基本功，最枯燥了。写呀写呀，神来之笔就会出现。"我说。

小朋友不太相信，露出像我开始写的时候，不太相信前辈所讲的话时一样的表情，我笑了。

心灵的慰藉很重要

我一直强调人生只有吃吃喝喝，这当然是开开玩笑；其实，心灵的慰藉是很重要的。

经常鼓励年轻人多看书，多旅行，这都是精神食粮，这是老后的本钱，可以用来回忆。

有一本书叫《死前必游的一千个地方》，京都是其中之一，但看它的介绍，不过是跑跑金阁寺而已，从来不提三岛由纪夫有一本书以它为背景，不说一青年看那么美的庙看到发痴，最后要放火把它烧掉的故事。

京都的吃吃喝喝不是每一个外国人都能欣赏的，最著名的餐厅叫"吉兆"，但奉上的怀石料理有些人会说好看不好吃，而且吃不饱。我们这回去，做个折中，在"吉兆"吃牛肉锄烧，相信团友们会满意。

在庙边吃豆腐，颇有禅意，但上桌时一看，只是一个砂锅，下面生着火，砂锅底铺着一片昆布，昆布上有几块豆腐，让汤慢慢滚，滚出海带味和豆腐一块儿吃，就此而已，第一次尝试的人一定呱呱大叫。吃豆腐也得来个豆腐大餐，至少有七八品不同的吃法才不会闷，但也不能贪心，要是点过十品，之后有几个月不敢去碰。

我们在京都，其他大餐还有黑豚锅和京都式的中华料理，和一般的有很大的分别。但京都人始终注重穿不注重吃，两天之后还是移师到大阪，去有马温泉泡个饱，到神户去吃最好的三田牛，返港之前再来一顿丰盛的螃蟹宴。

我们也会到京都的艺妓街周围散散步，买些吸油的化妆纸，再到一条充满食物的街去，让大家带些干货当手信。

此行最少可有抄经经验的收获，《心经》不必每句都懂，先入门，先记一记，今后慢慢了解体会。回来照庙里的方法抄经，能抄多少句是多少句，不必急着抄完。这时你已发现一切烦恼扫空，那种宁静，是《心经》送给你的第一份礼物。珍之珍之。

心态好，穷日子也容易过

每次去欧洲总是匆匆忙忙，时间不足，到处跑个不停，认为老远地走一趟，非弄个够本不可。

有时也不是自己愿意的，亲朋好友一起去，大家想逛些什么就跟大队。名店街当然逛，还有那些所谓米其林三星餐厅，东西虽然不错，但环境不让你吃个舒畅。

这回是一个人静悄悄前往，一向住惯的酒店爆满，也无所谓，在附近找到一家小的，很干净，五脏俱全，除了没有煲热水的壶，沏红茶不太方便而已。

探望友人，在家里陪他聊天，不太出门，反正所有值得去的博物馆美术院都去过了，清清静静谈了一个下午，也比到处走好。

过当地人日常生活，从树下捡到一堆堆的核桃，当今刚成熟，剥开一看，那层衣还是白色的，一咬进口，那股牛奶般的液体又香又甜，这种天下美味，相信很少人会慢慢欣赏。吃了之后，看到那些普通的核桃，再也不会伸手去剥了。

桃子刚过，李出现，欧洲有种李，又绿又难看，若非友人介绍，真的不会去碰。原来这一种李是愈绿愈甜的，起初还怀疑，吃了才怪自己多心。

当今也是各种野草莓当造（**粤语，指吃草莓的时节**）的季节，用纸折成一只小船当容器，一只只充满小果实，红的绿的紫的，以为很酸，哪知很甜。

各种芝士吃个不停，面包的变化也多。

什么？你只吃面包和芝士过日子？友人不相信。

你怎么想是你的事，这几天的确是这么过了，但是有点偷鸡（粤语里指偷懒），要灌红酒才行。酒又是那种比水还便宜的，喝起来不逊于名牌。

欧洲照样有负资产，也有大把人失业，但他们的穷日子，好像比东方人容易过一点。

只有时间，是绝对的妙药

"我看不懂日文，请你把寂听的名言翻来听听。"有位团友要求。

试译如是："爱有两种姿态：渴爱和慈悲。想独占对方，又嫉妒又执着的是渴爱。慈悲是没有要求回报的爱，没有条件的爱。释迦叫人别爱，是要人戒渴爱。"

"旅行和爱，有相似的地方。喜欢旅行的人，都是诗人。"

"旅行和死，又有相通之处，出门后不回来，是诗人才能了解的情怀。"

"孤独又寂寞时，旅行去吧！旅行能把寂寞的心灵和疲倦的身躯轻轻抱起。"

"在不同环境下、不同心情之中，我们有交友的缘分，这是天赐给我们的，旅行去吧！"

"今天是一个好日子，明天也是一个好日子。一起身就那么想好了。"

"一旦有什么不愉快的事发生了，就说：咦，弄错了吧?"

"这么想就对了，开朗的人，不幸的事是不会发生在你身边的。"

"穿华丽的衣服能够让你心情开朗，穿灰暗的衣服心情就沉了下来。"

"所以我越来越爱漂亮的颜色，偶尔也施点脂粉，这并不犯戒。"

"近来的年轻人知道过圣诞节送礼物，过情人节又送礼物；他们不知道有布施这回事。"

"布施，是送给佛的礼物。"

"我年纪越大，越感觉到自己身上的血就是父亲的血留下来的。我倒酒给别人喝的时候，瓶口和杯子的角度、距离和手势，和父亲的像得不得了，令我想到在父亲生前，为什么不对他好一点。"

"任何悲哀和苦难，岁月必能疗伤，所以有日子是草药这句古话，只有时间，是绝对的妙药。"

"抄经和读经，不是一张进入幸福的门票。不期待回报的写经，才是一种真正的信仰。"

书若读得多，便不会盲目迷信

和电台节目主持人聊天，提起书展，他说香港应该有个长期性的购书中心，我也赞同，但寸土尺金的香港地，谈何容易？

不过这不是租金的问题，是文化根底的问题。香港人基本上没有时间花在书本上，看的多数是报纸、杂志和马经。

东京八重洲有家book centre，是八层楼大厦，全部卖书，生意滔滔。整个地区的神保町，开的都是书店。台湾的购书中心，也慢慢地有了规模，就是香港做不成这件事。

当今经济萧条，许多大厦的租金降低许多，像尖东一带就很便宜，或者可以开个购书中心吧？总比没有主题的商场好得多，那种地方卖来卖去都是相同的商品，闷都闷死。

近来英文书局开得很像样，而中文的只有庄士敦道上的"天地图书"。小书局甚至开上二楼。伦敦也有很多在偏僻地区的书店，但它们卖的是专业书。巴黎圣母院后面有家专卖亚洲研究的书局。

反观内地，珠江三角洲上有许多大型的书城。上海的书城更挤满客人，各地的新华书店也做得不错。

内地的书还是卖得很便宜，听说我们的散文集一册就要五六十元，为之咋舌。香港中文书卖得不多，与价钱无关，英文小说比在外国卖贵几倍，也有人照顾生意。

也许问题出在这一个"书"字。香港人喜欢跑马，听到书，即联想起"输输"声，意思和兆头不好。

新加坡也有个书城，马迷在竞赛那天不开车经过。

不如改个名字吧！叫赢城行不行？但是赢城很不顺口，改为赢都吧！听起来像银都，和银子有关，生意一定好。

什么输城赢都，都是废话。根本就是不读书导致。书若读多了，哪会盲目迷信？

不与小人争权夺利，不为名誉出卖自己

人生已走一大半，不如意事常八九。到现在，可以避免尽量避免，深感不值得有更多的烦恼。

大概自幼就有不喜欢愁眉苦脸的性格，小朋友们为了梁山伯与祝英台痛哭的时候，我在一旁看徐文长故事，咭咭地笑。

为赋新词强说愁的阶段也曾经有过，爱上缠绵悱恻的诗句和小说。但是，那个时候，痛苦等于是一种享受，悲戚是喜剧的化身。

以娱乐当事业，结论是没有走错。不会挑选哭哭啼啼的东西为题材，因为一部电影你们可能只看一两次，但是制作过程中我自己最少过眼二三十遍。悲剧，先会把我闷死。

一种米养百样人，我不反对别人搞肮脏的政治、当成仁的战士、做宗教的使者。

总需要一名小丑吧？让我来染红鼻子。

踉跄伤怀、柔肠百转、五内俱焚、心如刀割、怔忡不已、郁郁寡欢等字眼，最好在我脑中消逝。套句现时流行语：去吃自己吧！

与小人争权夺利，为名誉出卖自己？

不不不。

做人总得拥有一点点自尊

　　社会上，常看到大老板一出现，身边一群手下围住，毕恭毕敬，老板一说什么，即刻赔笑。这种人，看不起他们吗？揾食（粤语词汇，意指工作）罢了，无可厚非，但始终是一种让人不愉快的现象。

　　人总是喜欢听好话的，有了权力，周围的人都要顺他。从前卑微的时候藐视这些小人，一旦自己有了地位，就要人服侍了。

　　但已经不是帝皇时代了，说错话老祖宗也不会抓你去砍头，东家不打打西家，为一份职业，也没有做奴才的必要。

　　对上司，当对方是一个长辈，听他们的教导，没有什么错处。绝对不可以打躬作揖，他们一知道你是可欺负的，就来蹂躏你。

　　年轻人都是由底层做起，大家都有过老板，用什么态度呢？不卑不亢，最为正确。对方知道你有点个性，也会较为重用你，因为你这种人才有主张。

　　可惜懂得欣赏有主张雇员的老板少之又少，多数是他们说什么，你赞同就是，一直提反对意见，迟早有难。

　　把自己的看法写成备忘录是一个绝招，很少人肯这么做。如果能做到，事后总可以说我已经觉察，你不听而已。如果备忘录上写的东西证明是错的，那么勇敢承认老板更有眼光，对方也会欣赏。

做人总得拥有一点点的自尊，为了一份工而连它也放弃，一生只是小人一个。

从前工作的机构中也有过这么一个小人，他附庸风雅，要我写几个字给他，我笔一挥，写出"不做奴"三个字，这厮当场脸青。还是我老妈最狠，她靠自己实力由教师当成校长，绝不低头，遇到我服务过的老板，对他说："我儿子是人才，不是奴才！"好在对方明理，听了笑笑，换个别的老板，早就把我饭碗打破。

不要把时间浪费在不必要的人身上

回到香港，第一件事就是去试食新的餐厅。每个礼拜要在《壹周刊》写一篇食评，平均吃三四家才找到一家能写的，在本地的时间又愈来愈短，不抓紧机会就要交白卷。

到一家上海馆子，一位穿黑色西装的男人迎客，坐下来之前先用手在桌布上擦了一擦，这种最坏的习惯，干餐厅一久就会感染上，通常是从饭堂做起的人居多。

鬼佬们开的食肆，从来没看过这种怪现象。为什么别的东西不擦，一定要擦桌布呢？手也不见得太脏，为什么非擦不可？外国客人看见了即刻倒胃。

坐下来后就问意见："好不好吃？好不好吃？我们的东西做得不错吧？给点意见。"

这么一说似乎是一定要迫人说好，自吹自擂说东西不错，也太过主观。

"烤麸甜了一点。"既然问到意见，就老老实实给意见。

"呀！"黑西装人大叫，"上海人喜欢吃甜的呀！上次做得太咸，给客人骂死了。沪菜就是这样的了。重甜、重咸、重油，是我们的传统，一改就不是上海菜了，你明白我说些什么吗？"

"烤鲫鱼的酱汁太多了。"我说。

"呀！"黑衣人又自相矛盾大叫，"我们本来做得很干的，但是香港人吃不惯呀！为了迎合他们，不这么做不行的。有多少客人是真正的上海佬？你明白我在说些什么吗？"

此君一坐就不离开，拼命解释为什么当天的菜不好吃，拼命问我明不明他在讲些什么。

更讨厌的是在做亲热状，每讲一句话就用手来拍拍我的肩膀。真是老友呀！老友！

好在生活在文明社会，要是军阀时代，我老早叫人拉他去枪毙。

也不值得写文章批评，以免教精了这个家伙，便宜了他。

忘记该忘记的事，也是幸福

我的记忆力衰退，自己已感觉到。

其实，与其说衰退，不如说我的记性一向不好，那是天生的，无可救药。

几十年的事，倒是记得清清楚楚，今天的一下子忘掉，戴着老花眼镜，到处找老花眼镜的例子，居多。

答应过的，也一下子忘记。尚好，脑后面有时浮出约束，都还能照办，只是迟早问题。不过对方要是常提起，还是有帮助的，希望我的友人不厌其烦地再次问我，应承的事绝对会做到为止。

很羡慕记性好的人，这是一种天赋，这些人做什么事都能成功，只限于他们的出身和长大后的生活环境罢了，但出人头地，是一定的。

我认识的，记忆力最好，是查先生。倪匡兄，排第二。阿芬，排第三。

查先生的记忆力用在作品上，书籍过目不忘，资料搜索比亲自经历还要详细，加上本人的幻想力，令人叹为观止。

倪匡兄的阅读能力比写作能力强，这是他自己说的，看了那么多书，自然会写了。但也要记得才行。七十岁的人，什么事都记得清清楚楚。但这次来港，夜夜笙歌，他也要用一张座历，把约会写在上面，才能记得。

阿芬主理粥店，任何配搭，客人只要说一声，她绝对不会记错，实在了不起。粥店是她父亲传下来，要是出生在一个搞政治的家庭，陈方安生的记忆力也比不上她。

但是，记性不佳也有好处。我家天台一直漏水，装修过无数次，毛病依然发生，最后一次是一位亲友介绍的一个所谓专家，说绝对没问题，钱付了几十万，他老兄的工程原来是最烂，漏水把我心爱的字画都浸坏，气得要杀死他。隔了几天，在停车场遇见，忘记了他是谁，还向他问好。

有位太太，丈夫在外养了个出名的狐狸精，她记性坏，在名店遇到，向那个二奶打个招呼，幸福之人也。

每天要是心情不愉快，是多大的损失

需要一个洗脸盆，到室内装饰铺子林立的骆克道去找。

洗脸盆多数是藏在大理石柜之中的，但我小时看到的是露在外面的。当今复古，很多也是独立，看到整个盆子的，我较喜欢。

店出售的多是白颜色洗脸盆。白色没什么不好，一脏了即刻看得到，但是白色到底平凡，而且给人联想到医院去。

理想的是一块石头挖出来的洗脸盆，意大利、法国很流行，中国香港罕见。问店员，他说进口过一阵子，但价钱太贵，欣赏的人又不多，故作罢。现在也有石头的，但是都是合成石，我对所有合成的东西都有点反感。

名设计家的洗脸盆，要卖几万块一个，怎么想也不值这个价钱。骆克道上的高级店铺就是抓客人的心理，反正几百万、上千亿的新居已经进入，区区几万块钱又何足道？

正在为这个洗脸盆烦恼时，因公事去了佛山的"虞公"一趟，摆在我眼前的，就是一个刚烧好的，画上曾力曾鹏两兄弟独特的花纹，本身就是一个艺术品，令人爱不释手。

即刻要了，价钱便宜得不能置信，曾氏兄弟并不很看重这些。

高高兴兴把洗脸盆捧回去，友人一来第一时间展示，大家都说漂亮到极点。真想不到人生之中，那么一个简单的东西能带来那么多的欢乐。每天面对的东西，要是心情不愉快，多大的一个损失！

再去时，看到一个石榴红烧出的洗脸盆，又心痒痒打主意。

"是不是很容易地烧出一个？"我问。

曾鹏兄回答："容易。"

结果我要求他作画，把最平凡的鸡公碗抽象了，变成一个大洗脸盆，曾鹏兄说："有趣，你下个月来，就给你带回去。"

能够替自己爱的人做事，好过孤独和寂寞

我最讨厌洗碗碟，要是有个人替我做这个工作，谢天谢地，我宁愿在客厅喝白兰地。

一向认为这是女人应该做的事。辛苦了一天，回家还要干这些劳什子？但是，如果双方都上班，我也赞成分工合作，你烧菜，我洗碗，或者是倒过来。其实，互相有爱意，煮饭洗碗，同是一件事，多做一点有什么关系，何必分得那么清楚？就算你真的抢着来洗，对方也不让你。

烧东西吃，我是喜欢的，我能一进厨房，就做出印度、马来西亚、新加坡、印度尼西亚、越南、缅甸的种种咖喱；鸡、牛、蔬菜、蛋，顺手得来的材料，烧一桌菜，每一样都是咖喱，但是各品味道完全不同。煮完后，厨房一塌糊涂，我就少理了，又在客厅叹（粤语里指慢慢品尝）白兰地。

男人炒菜，一定比较好吃，简单的几个蛋，也能煎得比女人香。试看，世界上的大师傅，有几个是你们。

你又在笑骂了，这个乱七八糟的厨房怎么办，大师傅？

"我来洗，我来洗。"嘴里是这么说，但太饱了，身体不想

动。这个时候，你会说："算了，还不了解你？去喝你的酒吧。"

虽然不喜欢洗碗，但是绝不能说我不会洗碗。先挤洗洁精，打开水喉，浸一会儿，再把碗碟用粗尼龙布仔细擦一次，最后慢慢地冲水，用手指揉了又揉，等到"呱呱"有声时，才会拿出来吹干，光光亮亮。

当然，这是我一个人的时候做的事，有你在，我才不干。

去一个与伴侣分开了的朋友家里，烧菜给他吃，又差点把他的厨房弄爆炸，杯盘堆积如山，他一个人慢慢地洗。

"喂，干什么，快点出来喝酒。"我大声呼唤。

对方咬着烟斗，态度安详，一个杯子洗了又洗，什么时候才把所有的东西弄干净？"你不要管我，也不要剥夺我的乐趣。"他静静地回答。

能够替爱人洗碗，好过孤独和寂寞，是种幸福。

要烦恼，也要等明天才烦恼

糖尿病，中国自古以来称之为消渴，又叫"三多一少症"，为吃多、喝多、上洗手间多；少的是体重。

香港有个"三少一多"的毛病：一、书少；二、艺术少；三、礼貌少；一多，则是烦恼多，患的是"三少一多症"。

除了金庸小说，一本著作能卖上三千本，已是大喜事。印五百本的居多，也卖不出去。当然，漫画是例外。

还有一种例外，就是马经了。初来香港的时候，看见大家都在电车中看报纸，以为很有文化。偷窥一下，原来看的只是赛马版，有些人还会折叠起来，塞进裤子的后袋呢。

杂志月刊大行其道，电视也每晚看，就是不看书。说香港书少，一点也不过分。

近年来虽然推行艺术节，但多是冷门者，尖端的表演者跑去纽约，不来香港，我们也没有台北的"故宫博物院"。大厦林立，正面也不摆一座较为像样的雕塑。香港富豪入选国际财经杂志，但所收藏的字画，没听过一幅毕加索，别说梵高了。

对待外地人，以粗鲁见称。香港人出境，留给人的印象是争先恐后。打电话给友人，接听的秘书只会说"等等"，绝对挤不出一句"请等一下"来。

烦恼之多，天下第一，任何事都抱怨一番。到了三更半夜，睡不实，想的尽是让别人占了便宜的事，为什么不数数以前有多少个女友？

怎么医治这"三少一多症"呢？唯有旅行了。书去中国内地买，欧美书局也多，中国台湾更有二十四小时的书店。绘画去法国巴黎罗浮宫看，礼貌向日本人学。年轻人把这些东西带回来，看看下一辈子的香港人会不会好一点，少点毛病。至于那"一多"，则应该模仿西班牙人，他们的口头禅是"明天才做"，要烦恼，也要等明天才烦恼。

所有烦恼，都有解药

解药听起来，像是武侠小说里才出现。

茶喝多了，尤其是未经发酵的绿茶，像龙井，就会醉人。半发酵的铁观音也好不到哪里去，空肚子喝，不习惯的人总出毛病。

茶醉起来比醉酒更难受，头晕眼花，冷汗直飙，整个胃像放在洗衣板上揉擦，又搓在一起，挤出一滴滴黄色的胆汁。

茶的解药，就是喝更多的茶，你想不到吧？品种不能乱服，只限老水仙，像大红袍等岩茶最佳。

另一种解茶醉的秘方就是糖了，把一方块冰糖放进口中咬，最有效。西人喝完茶总送点甜品，是有道理的。

泻肚子也靠糖，不过是葡萄糖。西药的小小粒止泻药很有效，中药的济众水、日本药的喇叭正露丸都不错。但是止了泻，食物中的毒素留在肠胃，还是发出一阵阵的绞痛，让它拉个干净较佳。这时整个人虚脱，就要靠葡萄糖来补充了，喝一口很浓的葡萄糖水人就舒服起来，再也不必去洗手间，百试百灵。

药房中卖很多解酒的药，广告上也有扮皇帝的演员推销，试过的人说很有效，但严重的宿醉，这些成药救得了吗？

醉得多了，自己有一套解酒方法，那就是在中药店买五块钱的枳椇子，煲个二十分钟，服了即解，枳椇子很厉害，草药书籍上也有记载，说造酒之家要是种了这种树，叶子掉入酒瓮，即刻败坏。

最原始的解酒药，就是睡它三天。

至于感情上的解药又如何？

男朋友离你而去，唯一解药，就是找个新的。没有比这个秘方更快更有效的了。

文人说钱不重要，当今社会已是迂腐。钱是必要的，解药是不把钱当上司或老板，把钱看作菲律宾家政助理，最有效。

天灾不能避免，人祸可以克制

有一年邵爵士和我下榻东京帝国酒店，遇到地震。

墙上的挂画开始左右摆动，桌上杯盘咯咯作响，然后整个房间就像在邮船上碰上大风浪，摇呀摇呀，以为一下就没事，但是一摇就摇个三四分钟，这三四分钟一点也不好过，有如半个小时。

"日本人在这种情形之下怎么办？"邵爵士问，"躲在什么地方？"

"他们说不是躲在桌底下，就是站在门框下。"

"我们住几楼？"

"十六。"

"喝茶吧。"邵爵士说。

结果两人继续聊天，直到地震完全停止。

摇摇摆摆的地震其实是小意思，最可怕的是一下子陷下去的地震，"啪嗒"一声，由上直下落，一座七层楼的大厦变成了六层，中间那一楼完全压得扁扁，不到一秒钟时间在这个地面消失得干干净净，你说恐怖不恐怖？

神户地震，死的人最多的就是这种情形。好在是发生在清晨，要是于上下班的繁忙时间，人数要由五千多增加至二十万人。整排电车的翻倒，可不是闹着玩的，高架高速公路的倒塌，更是要命。

依地质学家的推测，最可能来临的地震在东京，想不到先在神户来一下，东京的新建高楼大厦防震措施做得很好，难于整座倒下，但是大厦外面都是玻璃楼罩，一震之后的碎片，杀伤力极强。

一些在20世纪60年代建筑的小型大厦和狭窄的高速公路，如去羽田机场的那条，完全不依防震法律建筑，照神户的震度，断定会完全摧毁。

在港湾一带，都是填海填出来的，上面建设了大量的油库，地盘则脆弱不堪，像一颗定时的核炸弹，爆发起来不可收拾。

东京一向有防震演习，每年一两度地在办公室、学校等地方举行。数十年来没事，小孩子和白领们把演习当成游戏，在枯燥的生活中带来一点欢乐，绝对不认真，嘻嘻哈哈地假装逃难。

不过经过神户这一役，东京人开始担心，在大百货公司中都有一个部门卖防灾和避难用品。

这次在东京购物，经过时一看，哗，应有尽有，摆满全厅，售货员走过来向我说："这些都是样品，现货已经卖光，如果你想要的话请快点订购，我们尽快在三个月之内替你送到！"

卖些什么？倒是很有趣。

第一是水。一瓶瓶的一公升矿泉水，注明食用期为三年。据经过地震灾难的人说，房子一倒，水管破裂，到处都找不到水喝，所以最重要的还是水。

矿泉水总会喝完的，防灾用品有个携带用的滤水器，能够把任何污秽的水源滤清，变成食水。

接着是吃的，有一种干面包，咬一两口，再喝水，面包就膨胀数倍来填肚，这种东西二次大战时已发明，记得小时候看到美军急救箱中也有。

但是日本人到底吃不惯面包，所以也有脱水的白米饭出售，不管加热水或冷水，都能成饭。

地震可能发生在冬天，这次神户即是，所以也卖御寒工具，有一张可以折叠的银色反光布，包在身上，能比普通的棉被温暖三倍，这是美国国家航空航天局（NASA）发明的。

火烧是跟着地震来的，因而有各式各样大大小小的灭火筒出售。有的可以像手枪一样插在腰间，火焰带来浓烟，所以也卖防烟面罩，全副武装之后，很像一个咸蛋超人。

日本人爱干净，生存下来之后第一件事当然是解决卫生问题，他们发明了一个可以折叠的便器，可以坐在上面，中间一个袋子，完事后把绳子一拉，便自动包成一包随时可以扔弃，还顺带卖一瓶解臭水，的确想得周到。这种东西我倒是很有兴趣，至少下次到中国内地旅游，也大可派上用场。

佩服的是日本人在地震之后还是秩序良好，没有发生美国一般的抢掠罪行，只有一家公司不见了二十多万日元，日本人暗示这是中国香港犯罪集团所做的好事，都赖在别人身上，这又是令人讨厌的小国民心态。

救灾行动中，电视剧集《阿信》的几个主要演员，加上其他歌星明星大声呼吁，要求人民捐款，但所筹得的钱极有限，永远不像中国香港人那么慷慨。

有个日本人说："你看电视上拍俄罗斯军队打车臣，一座国会大厦被左轰右轰，还是屹立着，打了一两个月还没倒下。还是地震厉害，在短短的四五秒，摧毁神户。"

地震是天灾，战争是人祸。车臣那种小战争不能用来做例子。日本人到现在还是篡改教科书，不承认侵略的罪行。他们能接受天灾的事实，却不肯为人祸道歉，也许心里在说："我们是一个团结的民族，要生要死都在一起，既然有那么多人死了，自己一个，又算得了什么？"

天灾不能避免，人祸可以克制，为什么他们不想到这一点？

最坏的事是年轻时做过的事

从大阪返港的飞机上，看了一部电影，片名已错过，看到是指大卫·林奇导演，即刻留意。

故事描述一个七十多岁的乡下老头决意穿州越岭去看他的弟弟。平平凡凡，扎扎实实，和一般的怪异作品完全不同。

一开始就形容老头双脚不灵，眼睛有毛病，跌在地上不能动弹。

老头觉时日无多，决心上路，但他的驾驶执照因眼疾早被吊销，只有坐着电动割草机，拖了一辆手卷的铁棚出发。全镇的人都以为他疯了。

路上，他遇到了一个离家出走的少女，用智能的语言令她回家。

车子烂了，遇好心人为他换取一辆二手的。再坏，找人修理，要敲老头竹杠，他一一杀价。这个老人一点也不蠢。

有人问他："你单身出门，不怕坏人？"

老头回答："二次大战时，我在战壕中度过，有什么比它更危险的呢？"

又遇到一位老头，互相道出战争的可怕。老头安慰另一个老头，说自己当年是狙击手，把敌军一个个选出来杀死，最后还错杀了一名美军的哨兵。

几经风雨，数日后终于抵达弟弟的家。同乡中人说好久不见他，不知死了没有。老头心急，驾往弟弟家那条小路，是最漫长的。

终于见到弟弟，他们两人年轻时因口角而分开。老头向别人说道：再不去道歉已来不及。

见面后两个人坐在门外，大家一语不发。弟弟的眼光慢慢移动到那辆割草机和拖车上，盯住。心中激动表现无遗，这时他大哭，观众都哭了。

片中给人印象最深的对白，是当老头遇到一脚踏车队，和选手们一夜共宿时，他们不礼貌地问："人老了，最坏的是什么事？"

老头安静地回答："是想起年轻时做过的事。"

有幽默感的人，做事总比别人容易成功

陪一个女人去买房子，前来介绍的女经纪身体肥胖。她气喘吁吁地爬上那小山坡，满脸笑容，看完了一间又一间，我朋友都不满意，最后来到嘉多利山（香港山名）的布力加径（嘉多利山上的一条步行径），有间楼顶很高的，价钱又便宜，逗留得久一点。

我这个朋友是个名副其实的八婆，常损人不利己地酸溜溜讲对方几句，看见那女经纪又气喘如牛的怪样子，她单刀直入地问道："你有没有一百四十磅？"

"哇，请你不要乱讲，我现在哪有一百四十磅？"女经纪呱呱大叫一轮后说，"我二十岁那年已经一百四十了。出来做事，爱吃

东西，一年胖一磅，现在一百六了。"

连那个绷脸的八婆也给她惹得笑得不停。幽默真是一件大武器，绝对比那两个打破头的男经纪强得多。

我出外景时选工作人员，如果对方能讲一两个笑话，绝对先和他签约，因为我知道一去就是几个月，好笑的人比不好笑的容易相处。

有幽默感的人，做事的成功机会总比别人多，得到的朋友也更多。别以为讲笑话就是轻浮，连做总统也得讲一两个笑话来缓冲紧张的局面，里根和克林顿都使此招。

"你为什么出来做这一行？"八婆又问。

女经纪回答："要养孩子呀，我和我先生离了婚。"

"为什么要离婚？"八婆又不客气地问。

"不能沟通呀，"女经纪说，"他连和哪一个女朋友约会都不肯告诉我。"

我们又笑了。八婆心情好，房子又看得满意，最后她说："我想和先生商量一下。"

"商量一下也好，"女经纪说，"不过不是每一件事都要老公决定的。我减肥，就从来没有得过他的同意。"

八婆又笑了，交易即成。

中年人和年轻人结合，是最佳婚姻状况

　　任职移民局的友人告诉我一些他们遇到的趣事。

　　申请护照时，必须填入的一行——特征和婚姻状况。前者是指脸上与常人不同的特点，如左颊有一颗痣，缺了上唇，双眉连锁，等等。但是填报者不明白这道理，故填入的有：左右边乳房大小不同；球状生殖器官，一颗在上一颗在下等。

　　更有人将这一项推展到精神方面，填入健谈、个性柔顺、好酒、暴躁，甚至说自己性能力特强。

　　肉体方面填入：四肢发达、头脑简单；或者是说自己双腿瘦小；或是说自己胸部特大等。更有糊涂虫写上生了香港脚。

　　婚姻状况应填的只有未婚、离婚、守寡等四项。但是有人就长篇大论地真实叙述，如：与女友同居，是否要结婚正在考虑中；与丈夫分居，目前在物色新男朋友。

　　老处女说：不相信独身主义，你有没有兴趣？

　　老处男说：在求偶，只要是穿裙子的人，都可考虑。

　　已婚男人说：有情妇多名，最近对男人也感到有吸引力。

　　已婚女人说：丈夫无能，所以，想到意大利去旅行。

守寡男人说：等了很久，好歹才死去一个，哪敢再娶？

守寡女人说：久未尝此味，两腿之间，已是蜘蛛网。

婚姻本来就是前人制造出来的一种观念，是否合适你我，见仁见智。它应该跟时代而消逝。

在一百年前，娶四个老婆代表成功人士。现在的名人，表面上遵守结婚规则，暗地里有几个男人或女人也不出奇，和一百年前不是一样吗？

有人建议：中年男人娶一个年轻女人，他能够把最好的东西传给她。等到这女人变成中年人，丈夫死去，再嫁年轻人，把丰富的经验教授，一方面对性又有满足，一直那么循环下去，这就是最佳婚姻状况。

愈不合时宜，愈快乐

人生到了某个阶段，想把学到的东西教给别人，叫收徒弟。

中国人收徒弟，有什么正式礼仪？当年拜冯康侯先生为书法和篆刻的老师，他老人家只是笑笑，第二天就上课了。

日本人办事严肃，徒弟要送先生很隆重的礼。从前的父母千方百计，把子女送到事业有所成的人家，比上什么大学都好。艺学到了，一生受用不尽。做徒弟的任劳任怨，有时还受毒打，也不吭声。

当今的社会，再也不流行收徒弟这回事，人与人之间已失去了尊敬，没什么师徒可言，而且一切都要讲缘分。要找一个好的先生不容易，老师要收一个好学生，更难。怪不得连金庸作品中的南海鳄神，见段誉是个可造之才，也拼命要收他。昨天和倪匡兄聊起，他说能收徒弟，也是一件欢悦的事，我一定要收徒儿，愈不合时宜愈快乐。

"但是，"他说，"要收，就收女的。"

"为什么要收女的？男的不行吗？"

"你看孔子，收了那么多个男的，也没觉得特别。"他说，"写《随园诗话》的袁枚不同，他专收女的，一收就三百个。"

"三百个？收到几时？"

"从现在开始，一年收三十个。十年就三百个了。"他说。

"男女兼收，可以快一点。"

"还是专收女弟子好，千万别收契女（粤语词汇，即义女、干女儿），契女听起来暧昧。"

"也有点道理。"我说。

"收完了，可以刻一个图章，叫多一个。"

"多一个？"

倪匡大笑四声："收足三百零一个，比袁枚多一个，才过瘾。"

想想，也是过瘾。和倪匡兄聊天，更过瘾。

噩梦醒来，怎么会不高兴

我每晚做梦。和倪匡兄聊起，他说："我也一直有梦，而且连续。"

"怎么连续法？像电视剧？"我问。

"也不是，像半夜起身到洗手间，停了一下，但倒头就继续。"

"不是长篇？"

　　"你知道我最没耐性的了，《大长今》大家都着迷的剧，我也看不下去。个性使然，梦也是短的。"倪匡兄说。

　　"记不记得清楚？"

　　"记得。"

　　"好呀。那么不必去想了，自然有题材写短篇小说呀。"

　　"这种例子不是没有发生过。"倪匡兄说，"但是要勤力才行，一醒来即刻记下，不然转头就忘记，你要我牺牲睡眠，不如等到我醒来再写。"

　　"梦有没有彩色？"

　　"有呀。"他问，"你呢？"

　　"我的也有彩色，而且是新艺综合体（cinema scope）呢。"

　　"哈哈哈哈，这个大银幕的名称年轻人不懂吧？他们当今看的都是小戏院。喂，你怎么知道是新艺综合体呢？"

　　"我梦见我走进戏院，看了一套完整的电影，是新艺综合体放映的。"

　　"紧张、刺激、香艳、肉感？"他问。

　　"悬疑片。电影里的主角是我，杀了敌人，虽然痛快，也躲开了警方，但是一世人活在噩梦当中，醒来还在做噩梦。"

　　"我最喜欢做噩梦了。"倪匡兄大叫。

"什么？哪有人喜欢做噩梦的？"

"我一直做梦，梦见给人追杀。醒来，原来是一场梦，怎会不高兴？哈哈哈哈。"

一切，又打什么紧

张敏仪约查先生和我吃饭，时间上我们都没有问题。

"十点多了，打电话给倪匡，不知道会不会太迟？"敏仪问。

"还没睡吧？"查太太说。

电话铃响，倪匡兄从梦中惊醒，敏仪拼命说对不起。

翌日，去接倪匡兄时，我问："你通常是几点钟上床的？下次给你电话，也不想太晚。"

"有时十二点才睡。"他说，"昨夜吃过晚餐就上床。"

"敏仪吵醒了你，你有没有生她的气？"

"生什么气呢？反正我听了电话，马上就可以再睡的。吃了就睡，睡了又醒。一切，又打什么紧？"

"那天黎智英要约你吃午餐，才中午十一点多，你说你已经吃过了，真的是那么早就吃吗？"

"想吃就吃，那才过瘾。一切，又打什么紧？"他又说。

真羡慕这位老人家，一无所挂，把"一切，又打什么紧"当了口头禅。

"我已经叫秘书把稿费拿了给你，收到了吗？"我问。

"啊，我才想告诉你的，收到了，那么多，太谢谢你了。"

"怎么会多呢？从前你租我这个地盘写稿，是帮了我的忙，还给我一半稿费当租金，应该说谢谢的是我才对。现在我们一人写十五天，已不能当是租金了。"

"还是你多收一点吧。"他说，"一切，又打什么紧？"

我已不再和他争辩，照拿一半给他。

"不过，"我说，"读者们有些意见，要我们在一个星期，而不是一个月分开来写。这样吧，一个星期前半由我写，后半由你写，遇到有连贯性的就多几篇，反正一人写一半就是。"

倪匡兄懒洋洋地说："你说什么就是什么，一切，又打什么紧？"

美好的人生，人人喜闻乐见

　　早前到北京，顺便做一个电视节目，但主要目的，还是去北京大学，向学生们演讲。

　　到过剑桥、牛津、耶鲁、哥伦比亚和海德堡大学，就是没去过北大。人生第一回，也是很刺激的。

　　同事们载我在大学中走一圈，看到了未名湖和那个供水塔。校园内桃花开遍，全树花，一点叶也没有，粉红得灿烂。

　　建筑物不统一，这一栋那一栋，老的新的，杂乱无章，是没规划，也把传统的部分拆除建新之故吧。

　　礼堂是金庸先生讲过的，我在同一个地方沾上一点光，有点喜悦。

　　挤满了年轻人，我主动地请在门外的同学走进走廊中坐下，说别那么严肃，当成朋友交谈。

　　我一向不会准备好讲词，开场白说了一段简短的什么光荣之至的客气话，就请同学们发问。这个方法最好，反正是同学最喜欢听的话题，好过自己决定。

　　"尽管问好了。"我说。

　　最初的问题很长，同学们手上拿着笔记，自己发表了一些言论之后说："有三个问题，第一……第二……第三……"

　　我最怕这种问法，第一个还记得，谈到一半，第二第三的都忘记了，还是请他们再问一次，耐心地从头答到尾，大家很满意。

　　接近尾声，我要求问题愈短愈好，我的答案也尽量精简，像球一样，抛来抛去，搞得气氛非常热烈。

　　北上演讲，旁人有点忌讳，我谈的都是怎么把生活素质提高的，符合走向小康的原则，又集中在美好的人生，大家高兴。

　　愈讲愈放肆，拿出小雪茄来抽，同学们先说不介意，最后干脆从和尚袋中找到二两装的玻璃瓶二锅头喝，得到的掌声最大。

做人，要做得比较有乐趣又更有味道

　　科学家发现甜、酸、苦、辣之外的第五种味觉，称之为umami，此语来自日文的"旨味"。因为，这第五种味觉，就是味精的甜味，而味精是日本人提炼出来的，故此命名。

日本人一尝佳肴，即刻大叫"Oishii! Oishii"，写成汉字是"美味"。除了这个"美味"之外，他们称此食物好吃时，也点头说："Umami!"写成汉字，就是"旨味"了。

科学家说味精包含在豆类、肉类中。我们把豆熬汤，自然有甜味，而此甜味又与糖的甜不同，是种增加食欲的引诱的因素。

有些朋友受不了味精，一吃到就皱眉头，这是对味精敏感，和有些人吃到海鲜便皮肤痒同一道理。

海鲜当然无害，在1995年科学家终于证明味精是无害的，除了敏感之人，我们可以放心大嚼味精了。

味精多吃口渴，盐吃多了也要喝大量的水呀！岂不一样？

我是味精的拥护者，一点也不介意吃。但是我烧菜时不用味精，这就和知道有自由权而不去使用一样。拥有了这一点，更觉生命很充实。

我不喜欢人生之中的种种禁忌。像把吃猪油形容得很恐怖，都是八婆们的谣言。有时我们对某些东西不去深入地研究，听了就信以为真，太可怜了。科学家已证实，一百克猪油之中的胆固醇含量，还没有一颗蛋黄那么多，我们早餐天天吃蛋，但怎会去吃到一百克的猪油呢？

现在我们打破了味精对人体有害的传说，绝对是好事，煮菜煮得笨拙的人，大可下味精，至少不会那么枯燥无味。

味精对于食物，就像色情对于人生一样，有时讲讲荤笑话，做人，也做得比较有乐趣又更有味道。我们应该去重新发现"性旨味"。

散散步，看看花，是免费的

在网上看到一则关于年龄的趣事，试译如下：

在我们生命中，唯一觉得老是一种乐趣的，只有我们当儿童的时候吗？

"你多少岁了？"人家问道。

"我四岁半。"

当你三十六岁时，你绝对不会回答："我三十六岁半。"

四岁半的人长大了一点，给人一问，即刻回答："我十六岁了！"

也许，那时候，你只有十三岁。

心灵的慰藉很重要

只有时间，是绝对的妙药

书若读得多，便不会盲目迷信

每天要是心情不愉快，是多大的损失

美好的人生，人人喜闻乐见

但愿无事常相见

鸟和人一样，都不喜欢受到约束

许多无意义，就是有意义

人生，看你如何选择和被命运安排罢了

到了二十一岁那天，你伸直了手，握着拳，学足球运动员把拳缩回来，大叫："Yesssss！我已经二十一岁了！"

恭喜你，转眼间，你已三十，再也不好玩了！天哪，那么快！一下子变四十，怎么办？怎么挽留也没用，你不只变四十，而且五十即刻来到。这时候你的思想已经改变："我会活到六十吗？"

你从"已经"二十一"转为"三十，"快要"四十，"即将"五十，到"希望"活到六十，"终于"七十。最后，你问自己"会不会"有八十的寿命。很幸运地你九十岁了，你会说："我快要九十一了！"

这时候，有一件很奇怪的事发生。人家问起："你多少岁了？"

你返老还童地回答："我一百岁半。"

快乐的人把岁数、体重、腰围等数字从窗口扔了出去。让医生去担心那些数字吧！你付他钱，医生要处理，我们别管那么多。

生命并非以你活了多少岁来计算，是以你活得有没有意义来衡量。打麻将去吧，如果你没有什么嗜好，至少你不会患上老年痴呆症。

每一天都问自己活得好吗。散散步，看看花，是免费的。

精神上的健康，比一切都重要

"你清瘦多了。"友人一看到我就那么说。

"你胖多了。"又一个友人说。

我不能阻止他们的评语，其实，一直以来，我的体重保持在七十五公斤左右，多年来没有变过，不然那么贵的西装，换来换去，再赚也不够花。让人感觉到肥胖，是照片或电视上的形象。镜头下，总比现实生活中臃肿，所以当演员的脸型都是瘦长的比较有着数（粤语词汇，指好处）。

"没有想到你真人那么高。"没见过我的人也都那么说。人家看我清瘦，是因为我没有站起来。

我十四岁就长到六英尺，当今缩小了一点，也有一百八十公分，矮小的印象，是没有比例之故吧。

水墨画中，常有一个人物，才看出山峰之高。看到大鱼，人人都举着相机来拍，出现在照片中的是小尾一条。我会在鱼的身边摆着一包香烟，才能显出那条鱼有多大。

别人的主观，是避免不了的。

"你出那么多书，一定很辛苦！"他们总是那么说。

　　我一听到"一定"这两个字，就笑了出来，子非鱼，焉知鱼之乐？

　　和大家旅行时，我有助手帮忙打点一切，那几天是我最空闲的时候，吃完饭就睡觉，一大早起来写的稿，比香港的人数还要多。

　　精神上的健康，比一切都重要，为什么大家都要为我的身体担心呢？

　　都是好意，接受了吧，但是太过分的关怀，也增加了我的心理负担，可免则免。

　　到了这个阶段，"一定"辛苦的事，我不会，也不肯去做。

　　"我替你拉拉皮，不痛的。"好几位整容医生朋友都好心地说。

　　我总是笑笑："脸上的每一条皱纹，都写着我一种人生经验，这是我的履历书，不必擦掉。"

幽默的人，让每一个人都开心

在1903年，有个记者冒着大雨，到幽默大师马克·吐温的家做访问，得到的回复，都是吐温曾经说过的话，一点新意也没有，记者气馁。

"我是反对访问的。"马克·吐温说，"对一个政客来说，访问是无价之宝，他想博宣传。但对一个靠写作为生的人来说，想要他发表免费意见，那简直是一件不公平的事。"

马克·吐温当然说得对，做了访问最多只卖多几本书，但的确是浪费作家的资源。马克·吐温说这句话时，一点也不脸红，虽然他也说过："人类是唯一一种会脸红的动物，他们需要脸红嘛。"

不知不觉，倪匡兄回归香港已经数年，在这段日子他做过无数的访问。张敏仪问他："有没有钱的？"

"一毫子也没收到。"他说，"有时会送你一块水晶雕的牌子，放着也不是，丢掉也不是，真是哭笑不得。"

"做访问，应该收钱的。"陶杰说，那天查先生请吃饭，提起了这件事。

"是的，"陶太太赞同，"家里那么多块，而且不是水晶，塑料做的。"

　　大家都笑了，我向倪匡兄说："要是你开不了口，我来替你收好了，我做你的经纪人。"

　　"要钱来干什么？"他问，"够吃够穿就是了，我没所谓，反正有一张八达通，要去哪里都行。需要乘的士的话，倪太会给我三十块港币。"

　　说得真可怜，大家都同情他。话题一转，说到股票会不会跌，倪匡兄说不会，张敏仪说会，打起赌来。

　　倪匡兄掏出腰包，有一千两百块。

　　"哗，你有那么多钱，还说只有一张八达通！"大家骂他。

　　倪匡兄笑笑："那是倪太给我坐的士我改乘巴士省下的。"

　　众人才不相信，他说倪太每天给他三十块，当然是开玩笑。真正的幽默大师，是我们的倪大哥。

傻一点的美女比较有趣

因工作关系，一生被美女包围，所见无数，有资格批评。随着年龄的增长，有不同阶段的尺度，对她们欣赏。

美女不限制于容貌和身材，最重要的是能把女性魅力发挥到顶点，超越身边的赛西施。

当然，中国台湾的林志玲是一级美女，但最近常在新闻出现的前高铁董事长殷琪，有另一种娇态。也许你会骂我发疯了，我也承认单独一张照片并不吸引人，但电视上她那从容的微笑、做人的自信、加深的资历、敢作敢为，就充满了当美女的条件。每个女人都有她的过去，年轻时的鲁莽不是缺点，人生的经历才是功力，和吕秀莲一比，简直是两个星球的生物。

缅甸的美女，首推昂山素季，那弱不禁风的身体和强烈的政治观一加上来，美不胜收。贵为民主女神的她，一点也不凶悍，从来不忘在鬓上插一朵鲜花。

相反地，同样是政治女强人的巴基斯坦布托，本来甚美，但野心过大，不时发出阴险的眼神，拼了老命也要成为烈士，可惜最后被暗杀了也没有人记得起她。

　　时常有人问我："哪一个国家的美女最多？"

　　答案肯定是韩国，别以为都是整出来的，四十多年前国家还很穷困、没有钱花的时候，已是美女如云。

　　她们都是山东种，山东出美女，林青霞、巩俐等皆是。韩国美人，富于代表性的有《大长今》中的李英爱，但这种女人处处追求完美，做她们的先生很可怜，还是别碰。

　　驯服女强人也较有挑战性，她们从来没有机会当女人，对丈夫更是不必花费功夫。如果当了人家的情妇，她们会拼命表现女性的温柔，才可取。但是只限于短暂的爱，女强人有她们的使命感，不可去碰，还是一个傻兮兮的木头美人较有趣。

肆

懂得与放下，才是人生

Go to live at random

站在舞台上，

被千万束灯光照耀，

和死守着一盏灯，

同样要过。

人生，

看你如何选择和被命运安排罢了。

"才子"二字，与我无缘

近年来才女这个名词被滥用，反而没有听说有什么才子的。

问问老人家如何才有资格做才子，听了不禁冷汗一把。原来要有以下条件：

琴棋书画拳

诗词歌赋文

山医命卜讼

嫖赌酒茶烟

单说琴棋书画拳已是不易，现代的青年能做到的大概只是操纵 walkman（随身音乐播放器）上的按扣，戴耳机听"琴"。

棋是电子游戏机。

书吗？连求职信抄也抄得不端正。

或有满书摊的连环图可以欣赏，要不然可看电视上的一休和尚。

拳，有什么比功夫片更好？

诗，以前的小学生在厕所里还可作几句打油诗，现在难了。

词？电视连续剧的主题曲中不是作得很好吗？歌当然懂啦，大L唱得不错。不过，赋是什么东西？文自己不会写，只要会谈马经，已经是一大成就。

为什么要会看"山"？哦，原来山是代表风水。风水我相信，小时候听过赖布衣的故事。什么？有一本书叫《本草纲目》？是讲什么的？后来有什么用？伤风感冒喝单眼佬凉茶的茶最灵。不能出人头地是命中注定，给人家看看手相就好，何必自己去学？

卜，最好能预知孖Q（粤语词汇，指连续两场跑出前两名的赛马）跑出来的结果。讼就是打官司吗？

嫖还不容易？不过发现了医不好的疱疹，心里倒有点负担。麻将是生活的一部分，少不了。酒能享受到法国白兰地，谁够我威？每天早上饮茶，但是不喜欢用茶盅，倒得满桌是水，泡工夫茶的人更是笨蛋。烟吗？叹温丝顿，分外写意。你说烟是抽鸦片，那不是吸毒？

才子二字，与我无缘。

才女不是那么好当的

当代的才女，必须受过大都会的浸淫：上海、伦敦、巴黎等。用中文的，更非在香港住过一个时期不可，这里是中国顶尖人物的集中地。

眼界开了，接触到比她们更聪明的男女，才懂得什么叫谦虚，气质又提高到另一层次，这是物质上不能拥有的。

去美国也行，但只限于纽约。当然，纽约不应该属于美国，她和欧洲才能搭配。即使不住纽约，最少也得生活在东部，像波士顿和英格兰，说起英语来，才不难听。

最忌加州，那边的腔调都是美国大兵式的，而且每一句话的结尾，全变成一个问号，听起来刺耳，非常讨厌，即刻下降一格。

除了这些大都会，印度、尼泊尔、非洲、中东、东南亚甚至南北极，都得走走，学习人家是怎么活的，懂得什么叫精彩。

才女必须热爱生命，充满好奇心，在背包旅行年代，享受苦与乐。如果是由父母带去，只住五星酒店，也不够级数。

基础应该打得好，不管是绘画、文学、电影和音乐，都得从古典着手，根基才稳。一下子乘直升机，先会抽象、意识流、新浪潮和rap，以为那是最好的，就走入了歧途，永不超生。

　　时装虽说庸俗，但也得学习。尽看当代名家，不知道古希腊人鞋子之美，也属肤浅。首饰亦然，有时一件便宜货，已显品位。

　　爱吃东西，更属必然，这是生活最原始的部分，不得不多尝。试尽天下美味，方知什么叫最好，因为有了比较。这么多条件，一定要有大把金钱撒？那也不一定，有了勇气，在任何环境下都能生存，从中学习。

　　说到尾，最重要的还是了解男性。从书本上当然可以吸取，但现实生活中，多交些异性朋友，不是坏事。滥交一词，那是数百几千年前的事，不必理会。有了这种豁达和开朗的个性和思想，才能谈得上才女。不然，最多只是一个没有品位的女强人而已。

愿你我都一样，做一个人吧

不知道从什么时候起，我生产酱料

干的都是和吃有关的东西，又看到XO酱的鼻祖韩培珠的辣椒酱给别人抢了生意，就兜起（粤语词汇，意为勾起）她的兴趣，请她出马做出来卖。成绩尚好，加多一样咸鱼酱。咸鱼酱虽然大家都说会生癌，怕怕，但基本上我们都爱吃，做起来要姜葱煎，非常麻烦，不如制为成品，一打开玻璃罐就能进口，那多方便！主意便产生了。

不知道从什么时候起，我有了一家杂货店

各种酱料因为坚持不放防腐剂，如果在超级市场分销，冷藏得不对吃坏了人怎么办？只有弄一个档口自己卖，请顾客一定要放入冰箱，便能达到卫生原则，所以就开那么小小的一间。租金不是很贵，也有多年好友谢国昌看管，还勉强维持。接触到许多中环佳丽来买，说拿回家煮个公仔面当下饭菜。原来美人也有寂寞的晚上。

不知道从什么时候起，我推销起药来

在澳洲拍戏的那年，发现了这种补肾药，服了有效，介绍给朋友，大家都要我替他们买，不如就代理起来，澳洲管制药物的法律极严，吃坏人会给人告到扑街（粤语词汇，意为完蛋，常用来诅咒、骂人），这是纯粹草药炼成的，对身体无害，卖就卖吧。

不知道从什么时候起，我写起文章来

抒抒情，又能赚点稿费帮补家用，多好！稿纸又不要什么本钱的。

不知道从什么时候起，我忘记了老本行是拍电影

从十六岁出道就一直做，也有四十年了。我拍过许多商业片，其中只监制有三部三级电影，便给人留下印象，再也没有人记得我监制过成龙的片子，所以也忘记了自己是干电影的。

这些工作，有赚有亏，说我的生活无忧无虑是假的，我至今还是两袖清风，得努力保个养老的本钱。

"你到底是什么身份？电影人？食家？茶商？开餐厅的？开杂货店的？做零食的？卖柴米油盐酱醋茶的？你最想别人怎么看你？"朋友问。"我只想做一个人。"我回答。

从小，父母亲就要我好好地"做人"。做人还不容易吗？不，不容易。"什么叫会做人？"朋友说，"看人脸色不就是？"不，做人就是努力别看他人脸色；做人也不必要给别人脸色看。

生了下来，大家都是平等的。人与人之间要有一份互相的尊敬。所以，不管对方是什么职业，是老是少，我都尊重。

除了尊敬人，也要尊敬我们住的环境，这是一个基本条件。

看惯了人类为了一点小利益而出卖朋友甚至兄弟父母，也学会了饶恕。人，到底是脆弱的。

年轻时的嫉恶如仇时代已成过去。但会做人并不需要圆滑，有话还是要说的。为了争取到这个权利，付出的甚多。现在，要求的也只是尽量能说要说的话，不卑不亢。

到了这个地步，最大的缺点是已经变成老顽固，但已经炼成百毒不侵之身，别人的批评，当耳边风矣，认为自己是一个人，中国人美国人都没有分别。愿你我都一样，做一个人吧。

我经过的每一个阶段都充实

"人一生，只年轻一次，好好珍惜。"大家都那么讲，听到后差点喷饭。

只年轻一次？那么人到中年，也当然只有一次啦！变为老年，难道可再？

所以，既然都只有一次，每天都应该珍惜。

人到中年，为什么要叫"初老"或是"不惑"？什么事到了"中"都应该是最好的，中心、中央、中原、中枢、中坚、中庸等。

不过，我还是不喜欢那个"中年"的名称。为什么不可以改称为"实年""熟年"和"壮年"？

怎么叫都好，我没有后悔我所经过的每一个阶段，它们都相当充实。

再过一些日子，我便要进入"老年"了。"老"字没有"中"字那么好听，老大、老粗、老辣、老化、老调、老朽、老巢、老表和老鸨的，但是再难听也要经过，无可避免。

幽静的环境下，焚一炉香，沏杯浓茶，写写字、刻刻印，又有名山、佳肴和美女的回忆陪伴……

我的头发已白，但不染。

人生要学的，太多

享受姜花的香味，已到尾声，秋天一到，她就消失了。

我对姜花的迷恋，从抵达香港那一刻开始，那阵令人陶醉的味道，是我们这些南洋的孩子没有闻过的。

这里的人身在福中不知福，一年四季有花朵和食物的变化，人生多姿多彩，哪像热带从头到尾都是同一温度，那么单调。

姜花总是一卡车一卡车运来，停在街边，就那么贩卖。扎成一束束，每束十枝，连茎带叶，甚为壮观。

一般空运来的花，都尽量减少重量，剪得极短，姜花则留下一根很长的茎，长度有如向日葵的，插入又深又大的玻璃花瓶中，很有气派，绝非玫瑰能比。

花贩很细心，在花茎的尾部东南西北贯穿地割了两刀，这么一来，吸水较易。

花呈子弹形，尖尖长长，在未开的时候。

下面有个花萼，绿叶左右捆着，有如少女的辫子。一个花托之中，有六到九朵尖花，这时一点都不香。

插了一两个晚上，尖形的花打开，有四片很薄的白花，其中一瓣争不过兄弟姐妹，萎缩地成为细细的一条，不仔细看是觉察不到的。

花瓣中间有花心，带着黄色的花粉，整朵花发出微弱的香味，但是那么多朵一起开着，全间房子都给她们的芬芳熏满了。

在把茎削开时，花贩也会把花托中间那一朵拔掉，他们说这么一来其他的花才会开得快，不知道是什么道理，总之是祖先传下来的智慧，错不了。有时，买了一束插上，花开得很慢，像我这次只要澳门过一个晚上，早上买的，如果当晚不开，就白费功夫。花贩教我，拿回去后浸一浸水，就能即开。照做，果然如此，又上了一课。人生要学的，太多。

当一切都是身外物，愈少愈好

　　酒店有脚踏车借给你用，但散步也不过是十五分钟的距离，一面欣赏鲜红的枫叶，一面对着凉风，也很舒适。

　　小镇上有花铺、水果摊、屠夫店、做衣服的，就是没有人卖讨厌的纪念品，可见并非太过旅游化，是个人住的地方。

　　走进一家精美的古董铺，在西欧，这种生意老爱斩人，澳洲佬较老实，略有点盈利就是，也偶尔有奇货出现。

　　我在墨尔本住过一年，最爱逛古董店，买过一个长筒，两尺长，用很薄的皮草包住，里面是个水晶瓶子，装白兰地，后来研究，才知是骑兵的配套，当年骑兵很威风，天寒时任你喝酒取暖，军官并不干涉。

　　皮筒外套有一处深褐，我当它是血迹，骑兵喝得醉醺醺，给人打了一枪，遗留下来。

　　欣赏了一阵子商品，并没有要买的，到了这个阶段，当一切都是身外物，愈少愈好。

　　镇里有很多家SPA，当今最流行，各地的旅馆，也非有一个不可，不然就会被当成低级。我对这种SPA最没信心，去过泰国的，旁的地区都可以不必光顾了。外地的服务水准一定不如人，按摩女郎只会摩不会按，最后总得到一肚子气，敬而远之。

转了一圈，回到旅馆，湖边小屋，有一房一厅，连着个小厨房，给长住的客人煮食，这里的天气一天之中有四季，傍晚已相当寒冷，壁外有个火炉，烧着木块。

架上放着几本小说：L.P.Hartley（**L.P.哈特利**）的The Go Between（《*幽情密使*》），Karen Blixen（**卡琳·布利克森**）的Out of Africa（《*走出非洲*》）等，也有台影碟机，可从柜台借到些经典作品来看看。

矿泉水任饮，我倒两瓶进水煲（**粤语词汇，指电水壶**），取出带来的普洱，好在没被海关没收，水沸了，沏杯浓得似墨的茶。望出窗外，天已黑，又冲了个凉，换上套黑西装，吃晚饭去也。

懂得认输，最聪明

"你去了那么多趟日本，不厌吗？"

"不厌。"我回答，"因为日本很干净。"

"清洁会那么吸引人吗？"

"当然。如果你和其他地方一比较，就会更欣赏到日本的好处，他们的鱼生放胆吃好了，他们的榻榻米，让你睡得安心。"

"最喜欢他们的什么物品？"

"射水的冲厕。你用惯了，就知道它的好处。"

"你这个人真怪！"

"不怪。我正常，你怪。"

"还有呢？"

"我三更半夜在街上散步，自由自在。"

"有很多公安吧？"

"日本警察，不常见。看到了，也多是用来问路的。"

"最不喜欢他们的，是什么？"

"好战分子，剪了个平头短发，参加柔道俱乐部的那种人，还有坚持参拜靖国神社的阴险政客。"

"没有遇过他们歧视你的眼光吗？"

"别人我不敢说，我自己没有这种经验。有时候问他们问题，对方摇头走开，那是因为他们不懂得外语，很怕事，很自卑。"

"你真的认为日本人会自卑吗？"

　　"不过他们自卑得正常，不像有些人一自卑就变成自大。你只要比他们有本事，他们就折服，我在《料理的铁人》中当评审，批评中肯，他们相信我，所以我在饮食界吃得开，这次来拍特辑，全程由政府赞助。总结一句，日本人，是一个懂得认输的民族。"

但愿无事常相见

　　和老友曾希邦讨论过自印信笺的问题，并互相设计了数种，结果都因俗事缠身而没有去做，但是想想也得到满足。

　　我们原则上同意用宣纸来印，图案绝对不能用化学颜料，因为它们不上墨，信笺便失去意义了。

　　信笺只有用木版水印来处理才行，只用黑白单色，一有七彩便抢眼了。

　　图案设计有三种。

　　第一，用明代徐渭的《墨葡萄图轴》。此轴的构图奇特，又写实又抽象，藤条错落低垂，枝叶纷披。印在信笺上把原画的浓墨浅淡之，依旧可以看出葡萄的层次。

信笺的一角，加上文长（即徐渭，字文长）那首脍炙人口的诗：

> 半生落魄已成翁，
>
> 独立书斋啸晚风。
>
> 笔底明珠无处卖，
>
> 闲抛闲掷野藤中。

第二，用明代沈周的《写意》。画庄周坐在地上看蝴蝶。此图最精彩的部分是作者题跋的书法。

> 庄生苦未化，
>
> 托此梦中蝶。
>
> 我画梦中梦，
>
> 浮世寓一霎。

第三，用元代赵子昂的《曝书逸趣》。书中人物郝隆，打开大肚皮躺在地上。是日为七月初七，人们忙于晒衣物时，彼向日仰于院中，人问："你在干什么？"

郝隆回答："我在晒肚中之书。"

信笺的右上角用淡墨印有吴让之（即吴熙载，清代篆刻家、书法家。1799—1870，今江苏扬州人。原名廷飏，字熙载，后改字让之）闲章，印文为："但愿无事常相见。"

这是数年前的构思，渐渐地，那些图案一点点地消失，印章也隐形了。

近来，只想要在宣纸上印着"某某用笺"这四个宋体字。

今天，也许只剩下一张白纸。

对人要守信，不要让人等

回香港，时间不多，因为又要赶为下个旅行团去探路，只停十几小时就上路。

约了一个年轻人，对方说有重要的事商量。地点由他定，我准时来到。

说是准时，我这个人绝对不准时，只有早到。

父亲教落（**粤语词汇，意为教导**）的一些做人原则：对人要有礼、要守信用、别让人家等待，等等。

"当今是什么年头了，"友人问，"你这样做不是吃亏吗？"

的确受了很多苦，尤其是给一个从小玩到大的同学骗去，受伤甚重，对人生好生失望。但是另一个同学又帮助我赚钱，得到平衡。

年轻人迟到了半个钟，对不起也不说一声。我反而安慰他："不要紧，不要紧，我是不让人等，但是等人不要紧。"

嘴巴那么说，心里老不愿意。等人的时间，加起来，不知浪费了多少个月！如果对方是个美女，那还有话说。缺德鬼一个，为什么由我来等？愈想愈不公平，愈想愈生气，但是，每一回又不公平、又生气地完结。等人的噩梦，一次又一次地重复。

为什么打电话给人，都说"等等"？

为什么不会说"请等一下"？

自己公司的职员，教了又教，还是说"等等"。

怎么要求别人办公室的人说"请等一下"呢？

家父教的，要放弃的话一下子就放弃，但也死守了六十年。

如今年老神倦。板桥老人说：亦不能陪诸君子作无益语言也。

翻成现代语："唔同你呢班契弟玩（粤语，意为不跟你们这帮浑蛋玩）。"

从现在开始，不再等人，让人家等我。

话虽这么说，下次又等。

穷开心，总比有钱了不开心的好

早前"领汇"邀请，到天水围的商场教儿童书法，欣然答应。

其实，小孩子的童体字最美，是不用教的。大人一教，就坏了。不过，为了克服他们对抓毛笔的恐惧感，不妨谈谈。

"请你教他们写一个字好了。"同事们说。

"什么字？"

"请写个'笑'字。"

"小孩子谁不会笑？"我问，"只有大人笑不出。写个'乐'字吧。"

"千万不可。"同事们说，"当今股票大起，'落'字很忌讳。"

我笑了："写个'趣'，如何？"

终于达到折中，就那么决定。

星期六下午，商场的大堂中坐满儿童和他们的父母，二楼、三楼有大人旁观。我先走近小孩子，看他们拿笔，拿得辛苦。

"谁那么教你们的？"我问。

"爸妈。"有的举手，"老师。"

"统统不对。"我说。

儿童做惊讶状，我继续说："喜欢怎么抓，就怎么抓，不必听他们的。"

大家高兴起来，我示范了一下，儿童纷纷学习。

望到楼上，这回针对大人了。来这里的，到底是大人多。我说："选这个'趣'字，是因为我们除了自己那份工作之外，一定要培养一些兴趣，比方写写字。有了兴趣，热心起来，深入研究，发现生命除了担忧生活外，还有很多意义。"

楼上的大人有的点头，有的看看我，像在说："穷什么开心？"

我说出他们心里的话："我父亲也穷，我们小时也过着穷的生活，但是他写写字，种种花。从池塘捡回来的小荷叶，放在

茶杯里，看它长大。穷开心，总比有钱了不开心的好，大家说是
不是？"

意见照听，死不悔改

从台南回高雄，预定的节目还有逛另外一个夜市的，但大家吃
得已不能弹动，征求同意后，取消了。

阿霞饭店这一餐实在精彩，以为在台南和高雄再也没有可以比
它更好的，没有想到的是第三天出发之前，还有一顿在东港的那么
有特色。

这里吃的是金枪鱼的内脏。在外国，一出海就数个月，抓到
的金枪鱼，先把头割下，再取出内脏扔进海里，这一来，鱼不容易
腐烂，所以就算在日本也吃不到内脏。中国台湾不同，当天抓到的
金枪鱼就当天吃，头和内脏还是抛掉，留下来的只是渔夫家庭偷笑
吃，我们找到东港的这家人，办了一桌内脏菜。

共有卤鲔鱼肚、蒸鲔鱼眼、炒鲔鱼肠肚和炖鲔鱼骨髓，还有煎

鲔鱼精子。内脏菜之外，有烤鲔鱼下巴、樱虾饭、烤蟳（闽浙一带
对一种海蟹的俗称）、炒西施舌、清蒸小卷、煎鲔鱼排、油鱼子、
烤盲鳗、鱼蛋凉笋、雪花鳗鱼汤、炒蚵仔线、炒米粉，等等。不但
金枪鱼内脏难得，而且这家人的大师傅的火候掌握得准，调味高
超，绝对是别处吃不到的。

喜欢吃鱼眼的团友，看到那粒苹果般大的，一吸满嘴是胶质，
大喜。

"再来一粒？"我问。

此君摆首摇头，大叫饱饱。

所谓煎鲔鱼排，就是把吃刺身的肥胖toro（指鲔鱼的大腹
肉），一大条拿去煎一煎，外面略焦，里面还是生的，切成一片片
上桌，吃得着实豪华奢侈。

十八道菜下来，剩下很多。众人都说浪费，我笑称一点也不
浪费：吃不完打包给司机吃，司机吃不完被虫虫蚁蚁吃掉，怎会
浪费？

"以后的旅行团，菜减半好了。"大家建议。

我点头。意见照听，死不悔改。我办的旅行团，至少给大家留
下一个印象，那就是永远有足够的东西吃。

鸟和人一样，都不喜欢受到约束

麦理浩径太过剧烈和无趣，我的散步是雀仔街、花市和九龙城。

志同道合者麇集，各自手上一个鸟笼，逍遥自在，看了好生羡慕。

经过一档人家，上了年纪的商人在修理鸟笼。这种老死的行业，还有人坚持下去。

"不，不，"老人家说，"这个是我自己的，修坏了不要紧。我才不敢替客人做，好些古董贵得要死。"

"你手上这一个呢？"我问，"要多少钱才买得到？"

"很普通，三千块。"他回答。

那么精巧的功夫，大概是民国初年的手艺。至少做一个月才能完成，以现在的人工计，最低收入四千港币，已值得购买。

掏腰包时忽然停住了手，知道这一来就没完没了，下一步是买更旧的鸟笼，换古董银，还有那些让鸟儿喝水吃东西的小瓷壶呢，非追求到一两个名人制造的不可。

选什么呢？画眉还是鹩哥？给它们吃什么东西呢？人工饲料或

者活生生的蚱蜢。

买吧！买吧！不养鸟，买个笼子回家去欣赏一下也好。

最主要的，我是一个不爱约束的人。看到关东西的东西就讨厌，怎么会将鸟儿放进去？

年轻时并不懂事，也养过一笼子的小鹦鹉，后来忽然要飞韩国替王羽解决他导演的第一部电影的难题，事后回来，鸟儿都饿死，才明白为了工作，自己是没有资格养生物的。

"可以交给菲佣去看管。"小贩好像看穿了我在想些什么。

菲律宾家务助理，虽然说是聘请，另一个看法也是饲养，不过养在一个更大的笼子，即是你的家。

余生学习不会做人

我活在一个"会做人"的社会。

从小父母亲就教导："乖，有些话是不能当人家的面说的。"

所以我不敢指邻居那个胖八婆，大叫："丑死人。"

渐渐地，这些不能当人家面前说的话，变成讨好人家的话，对同一个八婆说："阿姨，你一定整天吃好东西。"

出来做事，更在老板面前说："这都是你有眼光。"

看到又讨厌又可恶的孩子，我说："真聪明，长大了不得了了。"

我做儿童的时候，也常听到这种对白，当然学习得很到家。

会做人不是一件很坏的事，但是太过会做人，等于虚伪。

从小教孩子会做人，是不应该的。当身边的每一个都那么假的时候，忽然有一个肯说真话的小孩出现，等于给我这种会做人的人掴了一巴掌。

会做人做久了，就不是人了，我是应声虫，是骗子。不知不觉之中，我没有办法改变，以为自己是一个人。

这个会做人的人，活到老了，本来可以讲回几句真话，但我已经失去了这种本能，继续会做人，做到成为一个做不了人的鬼。

至这几年，我感觉非常疲倦，现在这个阶段，才学会讲真话，所以很多年轻人喜欢我，因为我已经不管人家怎么看我，余生学习不会做人。

写文章不求留世，工作当消遣，有什么说什么，东西不好吃就说不好吃，这种讲真话的本钱，是我花了数十年储蓄回来的，现在不用，再也没有时间用。

唯一有点违背良心的话，是看到女人，都叫她们为"靓女"。

我很幸运，一生有很多好老师

深夜返港，疲惫不堪。本来应该呼呼大睡，但依惯例，还是把那叠旧报纸一口气读完，不然不罢休。

看到紫微杨兄的专栏，题为《寄语金庸》。黎智英的晚宴，座上客除了查先生夫妇，还有倪匡兄嫂吧，一定兴高采烈，我错过了，心痒痒。

和紫微杨兄见面不多，但印象总是深刻，上过他哥哥杨善琛先生几堂课，也当他是师叔。紫微杨兄的外表和谈吐文质彬彬，那一代的文人有文人相，年轻作者中找不到那种风采。

在左丁山兄的宴会中偶遇杨兄，提到我的书法老师冯康侯先生的一对对子，又勾起我对老师的思念。冯老师知道我母亲饮酒，也送过另一对给她，当今写出来让杨兄一笑："万事不如杯在手，百年长与酒为徒。"

　　杨兄对紫微斗数研究甚深，连笔名也从中取之，对未来之事应该算得极准。他跟随了查先生多年，但似乎并不了解查先生当今读书的心境。

　　绝对并非为了学位，也不是没实行经常提到的看破、放下、自在。

　　剑桥早就给了查先生一个荣誉博士，这是德兰修女等人才能得到的衔头，只是查先生认为应该自己修来才算数，所以又去读书，拿了硕士后再想考博士，方名副其实。

　　在查先生这个阶段，什么都拥有了，过着范蠡般的生活。没有人问范蠡最想做的是什么。查先生早就声明最想做的是读书了。既然他想做，就让他做去，他要比韦小宝多娶几个老婆，我们也赞同。

　　什么都不想做的，是倪匡兄。他说能活到七十岁，已是一大成就，今后活多一天，就是多得一天的人生奖赏，吃吃喝喝算了。

　　两种态度，都值得学习。我够幸运，一生有很多好老师：冯老师、杨老师、丁老师、倪老师和查老师。

努力改掉坏习惯，是对人的基本尊重

越来越觉得自己患了洁癖。

不干净的东西我不怕，但是一直想躲开不喜欢的人，这种洁癖，也许是对人类的洁癖吧。

首先，我很讨厌人家一面讲话一面拍我。美女我不反对，对方是个男的，我一定逃之夭夭，那种被拍手拍脚的感觉，是极不舒服的。

我也怕那些把一件事讲两次的人，笑话也要重复，有的还要将同个故事说三次，非这般，对方听不懂似的。

声音有如鸟类尖锐，或像抽了大烟那么沙哑，也极难听。有时他们不讲话，也惹人反感，像不停地吸鼻涕。真想递包面纸给对方，让他一次喷出，稀里哗啦，好过嘶啐喥。

不断地咳嗽，我倒不在乎，感冒嘛，自己也常患这种毛病。

生鼻窦炎的，哼哼哈哈，我也能原谅，这是他们控制不了的，听起来不那么刺耳。

惹人反感的是坏习惯：当众弹指甲、挖鼻、抖腿等行为，本来可以更正的，为什么不去努力，一定要让对方忍耐这种丑态？

一直觉得人与人之间，应该有一份互相的尊敬。不管是长辈、同年或对年轻人与小孩。比我有钱或贫穷、知识高与低，都有这份尊敬存在。也许，这就是基本的礼貌吧。

不懂得礼貌的人，和一块肮脏的草纸一样，一接触，便得到传染病，拼命地去洗手。

遇到这种无亲无故的家伙，前来称兄道弟，或连名带姓地呼喝，我就得避开。

有时跑不了，唯有面对，用无视来消毒。

方法是不管他们问你什么，说什么，都微笑不答，直望对方，望穿他们的脸，望穿他们的后脑，望到他们背后的墙壁。

别轻视这一招，用起来，甚致命。对方给你看得心中发毛，夹尾巴垂下头去。洗涤污染，目的达到，一切恢复干干净净。

没有什么大不了

年轻人充满信心，自大得很。

但是奇怪，他们怕这个怕那个，怕的东西和人物真多。

读书时怕考试，怕凶恶的老师，怕交不出功课，怕考不到学校。

初闯情关，怕出现一个比你更有钱的少爷对手，怕说明爱意给人笑。

所以怕自己不够好看了，怕长满脸的青春痘亦不好。怕太瘦，怕太肥，怕太高，怕太矮。怕一生孤独没人要。

接触到性，更怕自己的东西短小，怕早泄，怕飞机打得太多伤身。到底，是一滴精一滴血呀！能流多少？

出来做事，怕上司，怕同事用刀子插你的背脊，怕被炒完鱿鱼找不到工作。

买点股票，怕做大闸蟹（粤语里指股票下跌）。买张六合彩，怕不中。步入中年之前，又怕老。

到了我们这把年纪，才真正地天不怕地不怕了。对我们来说，一生已经赚够了，再也不能从我们身上剥削些什么。

真不明白失恋为什么那么恐怖，这个不行，找另外一个呀！难道天下只死剩一个女人？

样子长得好不好看？哈哈哈哈，不好看又怎样？满脸皱纹又怎样？那是我们的履历书。

　　生了一个大肚腩？好呀好呀，女人当枕头，还不知多舒服！这个年纪，有肚腩才是正常。骨瘦如柴的，不聚财。

　　遇到有钱佬，照样你一句我一句，平等身份。你以为他有钱，死了之后就会留给你？

　　遇到高官，还是开开玩笑算了，也不会得罪了他们而被秋后算账的。

　　看医生时，说一句："大不了死了。"一切，就那么轻松带过。

　　如果上帝出现在眼前，问问他："你出恭的样子，是不是和平常人相同？"

许多无意义，就是有意义

　　有城市计划地种树，一排排植成林，煞是好看。香港也曾经受过这种洗礼，但只限于一小部分，像太子道上的鱼木。

　　红棉道上应该有很多木棉吧？已被砍光，现在剩下的只有伶仃数株。弥敦道上，尖沙咀美丽华酒店附近的那一段，还是有很多棵大榕树，家父最为欣赏，第一次来香港看了就觉得这个城市有文化。

当年他是乘船自中国内地来香港的，邮轮在维多利亚港口沉没，弄得要游水上岸，身上一切尽失。他已不记得那艘船叫什么名字，想查一查，但我为生活奔波，没空去做，即使现在找出来，老人家已过世，迟了。

如果让家父了了这个心愿，那么我做人，至少可以说曾经做过一件有意义的事。

什么是有意义的事呢？种树可也。

香港这个名字，懂得汉字的人当然知道它的意思，但一被洋人问到"Hong Kong? What does it mean?（意为：香港？什么意思？）"的时候，我们照字面翻译的答案，对方听了一定哈哈大笑。

把这个被污染的港口变香，并不可能。花再多人力物力，洋海已不能清澈。不但香港，全世界大都市的海都是如此。

但是在香港散步，处处闻到花的味道，留下深刻印象，倒是做得到的，就算不能全年发香，但是至少有个一个月时间，也就够了。

让我们尽量去种白兰吧！这种树可以长到数十英尺高，整棵开满又长又尖的白花，香得不得了，我们的气候也最适宜种这种花。

这种事最好让政府去做，数十年政坛上的功绩，在历史上并不重要，但享受过那阵芬芳的后人，认为香港的确是名副实香的事实，是无人能够抹杀的，何乐不为？政府不做，商人也行，总比留名在一个小小的学校有意义得多。

嫁给有钱人，不如自己当有钱人

嫁个有钱人，一般女子都那么想，连歌星艺员也千方百计想嫁入豪门。有钱人，那么好嫁吗？答案是肯定的。最好能嫁个有钱人，后半生不必忧愁。你说"不好！有钱有什么用"，那都是虚伪的话。

可是，这么说是有条件的，条件在这些钱一定要男人自己赚回来，如果是他老子有钱，那么不如做他老子的狐狸精，也千万千万别嫁给这种纨绔子弟。

统计有钱人的儿子，多数是被宠坏的。嫁了他们，悲惨收场居多。请你把旧八卦周刊重读，就会发现一百对夫妻之中，能够白头偕老的，只有五对。

出身平凡的你，嫁给我儿子，有什么目的？还不是为了我们家的钱！这是有钱父亲的第一个反应。

第二，有钱人并不满足，他们希望更有钱。所以养了一个儿子，如果他能娶到一个也是有钱人家的独女，那么她父母死后，钱不又是我们家的吗？别以为粤语残片才有，当今富有家庭，还是围绕同一观念。

第三，有钱仔从小玩具多，一久生厌。讨老婆，也是一样的，生了几个子女，身体各部位都松懈，哪比得起用各个紧实部位来讨好他的北姑（港语，指从中国内地来港的失足妇女）？

旧社会还好，嫁就嫁，想那么多干什么？新的不同，你不想，人家想。当今闹离婚可是家产一半的损失呀！一辈子辛辛苦苦赚来的，死了留给儿子没话说，才嫁来几年就要分它一半？开什么玩笑嘛！对了，先让你在律师楼签张纸，说明不分给你。什么？你不肯签？那么你嫁给他，目的还不是为钱？

算了算了，嫁给有钱人，不如自己当有钱人。不嫁又算什么？

做人做事，都要让人对你有信心

第一次见成龙，是在电影摄影棚里。一条古装街道，客栈、酒寮、丝绸店、药铺。各行摊档，铁匠在叮叮当当敲打，马车夫呼呼喝喝，俨如走入另一个纪元，但是在天桥板上的几十万烛火刺眼照射，提醒你是活在今天的。

李翰祥的电影，大家有爱憎的自由。一致公认的是他对布置的考究是花了心血的，并且，他对演员的要求很高，也是不可否认的。

现在拍的是西门庆在追问郓哥的那一场，前者由杨群扮演，后者是个陌生的年轻人，大家奇怪，为什么让一个龙虎武师来演这么重的文戏？

"开麦啦"一声大喊，头上双髻的小郓哥和西门庆的对白都很精彩。一精彩，节奏要吻合，有些词相对难记，但是两人皆一遍就入脑，没有NG过。李导演满意地坐下："这小孩在朱牧的戏里演的店小二，给我印象很深，我知道他能把这场戏演好，怎么样，我的眼光不错吧？"

成龙当了天王巨星以后，这段小插曲也跟着被人遗忘。

这次在西班牙拍外景，我们结了片缘，两人用的对白大多数时间是英语。

为什么？成龙从前一句英文也不会讲，后来去美国拍戏现场同步收看，又要上电视宣传，恶补了几个月，已能派上用场。回来后，他为了不让它生锈，一有机会就讲。

他说："我和威利也尽可能用英语交谈。"

"我们两人都是南洋腔，你不要学坏了哟。"我笑着说。

"是呀！你们一个新加坡来，一个马来西亚人，算是过江龙，就叫你们做新马仔吧！"成龙幽了我们一默。

从故事的原意开始，成龙已参加。后来发展为大纲、分场、剧本、组织工作人员、看外景、拍摄，到现在进入尾声，已差不多半年，我们天天见面，认识也有一二。但是，要写成龙不知如何下笔，数据太多，又挤不出文字，就把昨天到今晨，一共十几小时里所发生的事记录一下。

我们租了郊外的一座大古堡拍戏。成龙已经赶了几日夜班，所以他今天不开车，让同事帮他驾。坐在车上，我们一路闲聊。

"你还记得李翰祥导演的那部古装片吗？"我忽然想起。

他笑着回答："当然，大概是十年前的事了吧？那时候我也不明白李导演为什么会找我。杨群、胡锦、王莱姐都是戏骨，我也不知道哪里来的勇气，只好跟着拼命啰！"

"大家看了A计划后，都在谈那个由钟塔上掉下来的镜头。到底真实拍的时候有多高？"我问。

"五十几英尺，一点也不假。"他说，"其实也没有什么了不起，我们拍之前用一个和我身体重量一样的假人，穿破一层一层的帐幕丢下去。试了一次又一次，完全是计算好的。不过，等到正式拍的时候，由上面望下来，还是怕得要死。"

成龙并没有因为他的成名而丧失了那份率直和坦白。

到达古堡时天还没有黑，只见整个花园都停满演职员的房车、大型巴士、发电机、化装车。

运送灯光器材、道具、服装等的货车，最少也有十辆。

当日天下雨，满地泥泞，车子倒退前进都很不容易。阿坤在那群交通工具中穿插后，把车子停下，然后要掉转。

成龙摇摇头："不，不。就停在这里好了。"

"为什么？"阿坤不明白，"掉了头后收工时方便出去呀！"

"我们前面那辆是什么车？"成龙反问。

"摄影机车嘛！"阿坤回答。

成龙道："现在外边下雨，水滴到灯泡会爆的，所以不能打灯，到了天黑，我们的车子对着它，万一助手要拿什么零件，可以帮他们用车头灯照照。"

阿坤和我都没有想到这一点，因为当时天还是亮着的。

进入古堡的大厅，长桌上陈设着拍戏用的晚餐，整整的一只烤羊摆在中间，香喷喷的。盒饭还没有到，大家肚子咕咕叫，但又不能去碰它，这就是电影。

镜头与镜头之间，有打光的空当，成龙没有离开现场。无聊了，他用手指蘸了白水，在玻璃杯上磨，越磨越快，发出嗡嗡的声音，其他初见此景的同事也好奇地学他磨杯口，嗡嗡巨响，传到远方。

叫他去休息一下，他说："我做导演的时候不喜欢演员离开现场。现在我自己只当演员，想走，也不好意思。"

夜宵来了，他和洪金宝、元彪几个师兄弟一面听相声一面吃干饭。听到惹笑处，倒在地上爬不起来。

天亮，光线由窗口透进来，已经是收工的时间，大伙拖着疲倦的身子收拾衣服。我向他说："我驾车跟你的车。"

"跟得上吗？我驾得好快哟，不如坐我的车吧。"他说。

他叫阿坤坐后面，自己开。车上还有同事火星。火星刚考到车牌，很喜欢开车，成龙常让他过瘾，但今早他宁愿让别人休息。

火星不肯睡，直望公路，成龙说："要转弯的时候，踩一踩刹车，又放开，又踩，这样，车子自然会慢下来。要不然换三波（指三档）、二波也可以拖它一拖，转弯绝对不能像你上次开那么快，记得啦！"

"学来干什么？"火星说。

"你知道我撞过多少次车吗？"成龙轻描淡写，"我只不过不要你重犯我的错误。"

成龙继续把许多开车的窍门说明给火星听，火星一直点头。

"我们现在天时、地利、人和都在，所以我才讲这么多。有时，我想说几句，又怕人家说我多嘴，还是不开口为妙。"最后，他还是忍不住再来一句，"开车最主要的是让坐你车子的人对你有自信，他们才坐得舒服。其实，做人、做什么事都是这一道理，你说是不是？"

想做什么事情就立刻去做

"即刻做"的道理，要懂得。

任何事，一想到了，都应该马上处理，要不然，一转头，就忘记了。今天忘记，下个月记不起，明天再做吧！那么一拖，就是几十年。相信我，我是过来人，一生因为不即刻做而耽误的，太多了！连后悔也迟一点再说，才能抵消闷气。

在家中，眯眯摸摸，一天很快浪费掉。当今学会看到什么做什么，反正迟早要做的事，先办后办都一样。

脸上的胡须，因为懒，等一下才剃，出门时匆匆忙忙忘记了，总不雅观。走过镜子一照，就停下来刮，但是其他事又耽搁下来，也只好做一样算一样！

旅行的时间多，回到酒店，一看表，离下一个约会还有一点余暇，就利用来收拾行李，不然临行的那个晚上闹通宵不好玩。你会发现，一面看电视新闻一面收拾，也很轻松过瘾。

什么准备都做好了，钱拿了没有？手机呢？香烟抽完了吗？眼镜不戴看不到东西呀！从前总是忘记一两样，当今早已放入和尚袋内，一点问题也没有。

即刻做可延伸至马上学。计算机不会用？学呀！手机的中文怎么输入？训练到纯熟为止。字写得不好看？从现在开始练书法，绝对不迟，我的字四十岁以后才脱胎换骨，从前的当今看来，像鬼画符。

这些理论也只有自己知道，告诉别人也没用。被当为老生常谈，甚无趣。

年轻人总觉得人生有大把时间花，绝对听不进去。我读书时父母也劝告过我。哈哈，那么简单，理所当然的事，我怎么不懂？

当年我什么都拖，能拖一天是一天。其他年轻人想法也和我一样吧？即刻做的事，只有传宗接代罢了。

变心是人的本性，不要当成罪恶

纯情的少女，看到被男人遗弃的女友，大感同情。

"怎么可以把一个发生过感情，又发生过关系的伴侣，就那么丢掉？"她说，"要是事情发生在我身上，我一定死去。"

事情发生在她身上了，也死不了，照样活下去，伤心一阵子罢了。

男人抛弃女人的例子听得多，其实女人不要男人的例子，也占了一半。

这位纯情少女，当有一天再次恋爱时，当然懂得珍惜，不过，忽然她会对这个男人生厌，爱上一个新的。这时候，头也不回，她的绝情，比男人还狠。

"怎么可以把一个发生过感情，又发生过关系的伴侣，就那么丢掉？"这句对白，现在轮到那个被抛弃的男子说了。纯情少女，做了负心妇，自己从不醒觉。

我们都把在天愿作比翼鸟的故事看得太过天真了，我们年轻的时候，把一切当成美好，永远不存任何疑问地爱上一个人，或者被爱，那是对感情这一回事儿很陌生。

长大了，被人出卖的例子出现了太多次，自己也学会出卖人。人的变心，其实是基本的功能，当成罪恶，是自己太傻。

只剩下我们这群老古董，做事才不会反悔，承担一切后果，当年的诺言，至死不渝地遵守，我们可以被制成标本，抬进博物馆去开展览，让后人当化石研究。

问当今男女什么是恋爱，他们回答："新对象一出现，恋爱就停止。"

爱的定义，是新的对象出现之前的一段脆弱感情，人不变心，是因为新对象还没出现，就是那么简单。他们解释。我们老古董，还是不懂。

女人最不喜欢男人模棱两可

有一个调查，说女士选配衣物，一生要花二百八十七日。

何止？

总是配来配去，脱了又穿，穿了又脱，最后选中了一件，还是没有信心。

"穿蓝的好红的好？"她们开始问对方。

"两件都好看。"要是你这么回答的话，不但迟到，连门都出不了。

还是说："蓝的好。"

"真的吗？我认为是红的好看。"

"那就穿红的吧。"这么说，也是笨蛋，对方永远不会相信你的说法。

那应该怎么回答呢？很简单，要肯定，明明白白、清清楚楚、斩钉截铁地说："蓝的好！"

"你肯定？"

大力点头："蓝的好。"

跟女人是不必争辩的，因为你一定输，愈早投降愈是聪明。

不过当她们要征求你的意见时，绝对要坚持主见，她们就会乖乖地听了。

同样地，她们问："叫什么好呢？吃肉还是吃鱼？"

"吃肉。"你说，还要带点命令的口吻。

问她们也是多余的，点菜时，你做主："我认为先来个西泽沙律，再来一个龙虾汤，主菜烤块牛扒好了。"

说完把菜单合上，要是对方再纠缠不清，那么你叫你自己喜欢吃的，让她们慢慢决定，肚子一饿，决定就快。

女人，爱一个会为她们做主的男人，最不喜欢男人模棱两可。你以为要尊重她们的意见？别那么笨好不好。

遇到狐狸精就好办了。

"穿蓝的好红的好？"她问。

"什么都不穿，再来一次吧。"是男人最喜欢的答案，她们不会驳嘴（粤语词汇，意为反驳）的。

大男人从保护女人开始

怎样叫一个男人？

基本上，他要守时、有礼貌、重诺言。这是我第一个问父亲的问题，他那么回答我。

从此做了数十年，非常辛苦，尽量没去违反父亲的教导，虽然说不合时宜，但做一个不合时宜的人，是很过瘾的，这自己知道，旁人不会了解。

骗人算不算坏事？

不伤害对方的谎言，大说可也。骗人需要技巧，不容易学到，还是别去尝试，不然一下子就被人拆穿。学习一种叫把事实保留的方法吧。不告诉你，是最强的武器！

侠义呢？

路见不平，拔刀相助，那得有功夫底子才行。赔上命不是办法，打电话报警吧。

仁义呢？

听江湖大佬的话，人先死。谈不到做不做一个男人。

节俭成性呢？

孤寒的男人，永远是一个最低级的男人。对别人慷慨，对自己刻薄，是可以接受的。别人骂你傻，你心中高兴就是。

和男人的友谊呢？

友谊是永远存在的。和自己的知识水准不能相差太远。小学中学时的友谊会随思想的成熟而变化，不能死守，虽疏远，但还是怀念，仍然关心。

和女人的友谊呢？

很难。但也有。一些人会上上床，聊得更开心，更坦白。

要不要做成一个大男人？

大男人从保护女人开始。有太太赚钱，丈夫花亦无妨的胸襟，才叫大男人。

令女人暗恋一辈子，就是男人味

女友问我："男人心目中的女人味是什么？"

我回答："会发生三种现象。"

"哪三种？"她问。

"第一，"我说，"即刻令男人有性的冲动，马上想和她上床。"

"太直接了吧？"她说，"也太过简单，怎么只有性，没有别的？"

"你问的是男人的观点，男人就是那么直接，女人不懂。"我说。

"好，那么第二呢？"她又问。

"第二是令男人觉得其他女人都失色了。"我说，"一直想在她身边流连。得不得到她，不要紧。"

"好像能理解。"她说，"那么第三种现象呢？"

"第三，是虽然不肯离开她，但是又要离开她。有女人味的女人，令男人自惭形秽。"我说。

"好在我没有。"她拍拍胸口说。

我想说："我的目的，就是讲这句话。"但是没有开口。有女人味的很寂寞，多数因为寂寞而给男人追到手。

"气质呢？"她问，"什么叫气质？"

"和女人味一样，有女人味就有气质，发生的现象，也相同。"

"是不是可以培养出来的？"

"一半，一半。"我说，"天生一副懒洋洋的个性，也形成女人味，不是后来可以学习得到的。"

"那么什么是男人味？"她问。

"男人味发生的现象，只有一种。"我说。

"那是什么？"她追问。

"令女人暗恋一辈子，永远开不了口告诉他，就是男人味。"我拍拍胸口说，"好在我也没有。"

与老友见面，可将回忆复活

当今世界已经缩小，安东在艺术界的地位在欧洲站稳后，连日本也请他过去开画廊，时常来到东方。

而我，因工作或私事，也去过很多趟欧洲，我们在这二十多年来，为什么没机会见面呢？

只能用缘分未到来解释，多次错失见面的机会。我虽然没把发生在我身上的事告诉他，但是经黄寿森和其他朋友通消息，《料理的铁人》中的法国菜师傅Sakai Hiroyuki（坂井宏行）也酷爱安东的画，他时常向安东提起我。

数日前，我接到安东的电邮，说要来香港开画展，我把日期一算，刚好不必出门，回信说等着招呼他。看样子，这次见面的机会终于成熟了。

"你和二十多年前的样子一模一样，一点也没变！"在文华酒店的大堂相遇，安东拥抱我后说。我当然知道自己苍老了甚多，而他呢？还是那么又高又瘦，脸上多了沧桑味，样子很像年轻时的演员Jean Marais（让·马莱）。

从前的女朋友，当今的太太克丽丝汀娜也来了，她现在已是两个亭亭玉立的女儿的母亲。

在酒吧坐下互诉家常，安东喋喋不休，不认识他的还以为他是一个compulsive talker——患"多话症"的人，其实他只是想在极短的时间内，把自己的一切告诉我。

有一点可以相信安东，他讲的是发生在他身上的事，不添油加醋。

我耐心地听，了解他心情的激动，我也有很多话要告诉他，但只是偶尔插一两句罢了。

　　克丽丝汀娜记得更清楚，她把在布达佩斯那三天的点点滴滴娓娓道来。见老朋友有这么一个好处，对方记得的事，使我们的回忆复活。要不然，已埋葬在脑海中，永不超生了。

对生儿育女的观念，我早已看得很开

　　对生儿育女的观念，我早已看得很开。

　　这是旅行带来的礼物，当你在欧洲遇到许多夫妇，你就会知道没有子女，人，照样可以活得很开心。而且他们的父母，也绝对不会怪他们为什么不传宗接代。

　　一起旅行的团友，多数只是夫妇一对，有的和我一样，不相信一定要生儿育女；有的儿女已成家立业，没人在他们身边，也和我一样。

　　"哎呀，你不知道家庭的乐趣，那多可惜！"有些人摇头。

　　"哎呀，你自由自在，真是羡慕死我们了……"有些人点头。

　　完全是看法，他们怎么想，与我一点关系也没有。如果做人要为别人的话而活，也是相当悲哀的一件事。

虽然这么说，父母之言，还是要听的。最难过的那一关，还是担心家长对我的期望，这是非常迂腐的。不过，蔡家已为长辈传了六个孙儿孙女（哥哥、姐姐和弟弟各两个），只有我没有后代，我父母亲是默许的。

看见友人为他们的子女烦恼，我出了一身冷汗。当他们跑来和我商量时，我不知道怎么安慰他们。我有最好的借口："我自己没有，不能了解，不懂得处理。"

儿女背叛父母的例子也太多了，父母憎恶子女的个案也见得不少。让上帝去原谅吧——我们自己饶恕不了的话。

新年期间，应该喜气洋洋，怎么思想那么沉重？还是说点欢乐的。谢谢那些生儿育女的家长，不然我们哪儿去找年轻的情人或女友？

"现在养一个小孩，根据统计，要两百多万港币。"一位带一家人的团友说。

另一位没有子女的笑嘻嘻："蔡先生的旅行团团费两万多。我没有小孩，可以参加一百次。"

教养谁都能学会，跟出身没关系

　　教养这一回事，人家都以为是出自名门才能得到的，其实是一种普通常识，只要稍微注意，都可学到，和你的出身没有关系。

　　没有教养的人，是懒惰的人，不求上进的人，无可救药，一见大场面，即刻出丑，在外国旅行，被人歧视，也是活该的。

　　当今大机构聘请职员，最后的面试都在餐厅中进行。

　　主人家故意迟到，看你是不是一坐下来就先点菜不等别人。酗不酗酒，也即刻知道，忍不住的人一定先来一杯烈的。

　　菜上了，看你拿筷子，姿势正不正确倒没太大关系，那碟炸子鸡，你有没有乱翻之后才夹起一块，就决定了你的命运。

　　吃东西时，啧啧有声，更是个大忌。有教养的人哪里会做出这种丑态？吃就吃，为什么还要啧啧啧啧？

　　父母没教你，那你的家庭也没教养。不过这是上一辈人的错，不能完全怪你。但是你出来社会混，连这一点小小的餐桌礼仪都学不会，派你去和对方的大公司兜生意（粤语里指拉生意），人家听到你啧啧啧啧，先讨厌了，一定谈不成。

　　有些时候，不必从餐桌看到，连面也不必见，听你的电话，已经知道。

"等一下！"你说。

管理阶层已皱眉头，为什么不会说请等一下？这个"请"字，难道那么难说出口？

"是谁找他？"

为什么不能是："请问您是……"

没有教养的女人，比没有教养的男人更加不能容忍，快去向苏州姑娘学习吧，她们每一句话都像是征求你的同意。即刻命令手下"把那个东西拿来"，也会变成"请你帮我把那东西拿来好不好"。

听到没有教养的人说话，总不当面指正。教养这一回事，是自发的，自己肯学，一定会，并非高科技。

保持一贯的水准就好

小朋友之中，有一位对食物非常有兴趣，绝对是食评家接班人的料子，问道："你吃过真正的老鼠斑吗？"

"吃过。有一股幽香，像在烧沉香时发出的，是现在菲律宾一带的假老鼠斑没有的。"

他听了有无限的羡慕："那黄脚鱲呢？"

"一点泥味也没有，也没有石油气味，很香，还没有拿到桌子上已经闻到。和养殖的不同，但是已经被抓得快要绝种了。"

"野生的，现在怎么找也找不到吗？"

"还是有的，你去流浮山有时还有。"

"流浮山那么远！"

"试好吃的东西，一定要花点功夫呀。"我说，"在你家附近的有一档，但是不太好吃。不如走远一点，到大家都称赞的老字号。"

"凡是老字号一定好吗？"

"那也说不定，"我说，"但是一家能开那么久，总有点道理。"

"要是不能保持水准呢？"他的口吻有点像大人，"有些老店也不行呀。保持水准那么重要吗？"

我告诉他一个故事：日本有一个很出名的料理人，他教了很多徒弟，其中有一个他最喜欢，但是他不教很多花样，每天一早，就叫这个徒弟煮一碗面豉汤给他喝。徒弟做了三年，师父也喝了三年。每天喝完不称赞，也不批评。后来徒弟才知道，师父教他的是保持一贯的水准，这是最重要的，客人吃了，就吃出瘾来，非光顾不可。

小朋友好像明白了我的话，点点头。

做得勤快，做什么都会被尊重

今天收到的一封信："请你抽出你的宝贵时间，给我一个机会，让我跟你见面谈谈。数年来，我饱受事业和家庭的压力，如今已面临绝境。我非废人，可是活得比废人更不堪。一把年纪，死不足惜，只是对儿子及亲朋，我有未完之责任。找你，是因为你是一位智者，希望你可以给我一些意见，感激不尽。"

唉，比你需要帮助的人更多呀，如果你常读我的文字，就知道我是一个极不负责任的写作人，说几句什么做人要开朗、豁达的话，拍拍屁股就走，是不是行得通，谁知道呢？

我能给的意见，绝对解决不了你的问题，不如读古书吧。明人小品最可贵了，对人生的探讨，都给他们写尽了。

袁中郎写信给龚散木说："散木近做何状？人生何可一艺无成也？作诗不成，即当专精下棋，如世所称小方、小李是也。又不成，即当一意蹴拮弹，如世所称查八十郭道士等是也。凡艺到极精处，皆可成名，强如世间浮泛诗文百倍。"

信中所提的"蹴鞠"，是古代的一种运动，鞠以皮络于外，中塞有物。"拮弹"，弹奏乐器也。此信就是教人写不成文章，可以去踢足球，做体育明星，也能学音乐，当流行歌手，赚大钱去。

绝对不是什么风凉话，凡艺到"极精"处，并非讲什么艺能，而是要专心，要勤力，要积极。我们看到一个辛勤又工作愉快的人，爱得要死，巴不得他们永远不辞职。

要活下去，什么都得做，就算倒垃圾，做得勤快，也被尊重。我在九龙城饮早茶时就看到这些人物，每天笑嘻嘻的，怎是废人？

本性特别喜欢的东西，可以当药

李渔说：一种本性特别喜欢的东西，可以当药。

人的一生之中，总有一两样偏爱偏嗜的，像周文王偏爱用菖蒲腌成的酸菜，曾晳偏爱羊枣，刘伶好酒，卢仝好茶，权长孺好爪，都是一种嗜好。癖嗜的东西，跟他性命相同，如果重病时能得到，都可以称为良药。

医生不明白这个道理，一定要按《本草纲目》检查药性，跟病情稍有抵触，就把它看成毒药对待，事实上这是特殊的病，不可能很快治好。当今，加上报纸上的医疗版，一说什么什么对身体不好，你就一世甭想吃了。连豆腐也说有尿酸，青菜有农药，鱿鱼全身是胆固醇，咸鱼会生癌，鱼卵更不可碰。内脏吗？恐怖恐怖！吃鸡不可食鸡皮，剩下只有发泡胶般的鸡胸肉了。

当年瘟疫盛行，李渔得病犹重，适逢五月天，杨梅当造（**吃杨梅的时节**），这东西李渔最爱吃，妻子骗他说买不到，岂知他们家就住在街市旁边，听到叫卖，不管三七二十一，买来大嚼，一吃就是一斗，结果病全好了。

这种说法，与倪匡兄的理论完全一致，他老兄说："人一快乐，身体就会产生一种激素，把病医好。"

我也同意，只要不是每天吃、一天三餐吃的话，一点问题也没有。别以为满足一时之欲是件坏事，其实是种生理和心理的良药，绝对可以延长寿命。就算不灵，死也死得快乐呀。

个性郁闷、言语枯燥的男人，是没有药医的，因为世上没有一种东西是他们喜欢的，他们本身就是一种传染病，会把你的精力都吸干为止，凡遇此种人，避之避之。

菜市场中，所谓的不健康食物，多是我们的酷爱。不喜欢肥猪肉，是因为你身体不需要肥猪肉，我年轻时又高又瘦，见到了就怕，当今爱吃，已把它当药。狐狸精会炖好三盅东坡肉，一切病，都替我治好，她才是名医。

要想拉近与他人之间的距离，就多说些真话吧

古波斯（今伊朗）诗人萨迪曾经说过这样一句话："讲假话犹如用刀伤人，尽管伤口可以治愈，但伤疤将永远不会消失。"诚实

往往会使我们内心坦然，而说谎与欺瞒则会让我们的心境处于忐忑不安、时刻紧张的状态中。因此，就算要付出某些小小的代价，做人也还是诚实些好。

曾有记者问乐嘉如何看待旁人对他"说话强势而直接"的评价，乐嘉这样回应道："所谓的'强势'就是说，我的确是有影响别人的欲望。节目中某些观点有着明显的偏差，如果我不去纠偏，可能就没人做得了，（这时）我就会出手，这就是我的强势。"

曾经有记者向乐嘉询问《别对我说谎》与前两档节目（《非诚勿扰》《老公看你的》）在他心中的轻重如何时，乐嘉坦言道："我接这档节目，百分之九十九是因为非常喜欢这个节目。三个节目没有可比性，但是，在《非诚勿扰》以及《老公看你的》，个人发挥不大，人性心理挖掘方面走得不深。就这方面而言，《别对我说谎》更有深度，也会展现更多与我本职工作相关的'真功夫'。"

乐嘉接着坦白道："如果天天做《别对我说谎》，我也受不了，因为主持这个节目需对嘉宾（参与者与三个亲友团）的背景资料有所了解，做其他节目不需要对嘉宾的七大姑、八大姨有所了解。这要耗费很多脑细胞。"另外，当有记者问及乐嘉时下的感情走向时，乐嘉的回答依旧十分真实："我很想要，但暂时还没有，我能力有限。"

乐嘉曾经在微博上说过这样一句话："有很多勇敢的人说真话，他们明明知道这要付出代价，不被理解，被误会，有时会因委屈而愤怒，会觉得自己不值，但他体内仍旧会有欲望和力量想要说真话，因为真实比虚伪更容易让他感觉自己是一个堂堂正正的人。政治上的话，我胆小，不敢说；人性的问题上，我努力借用有限的话语权，说些真话。"

著名作家巴金写的《随想录》中有一篇是《再论说真话》。这篇文章讲了巴金对讲真话的深刻检讨。巴金在文章中向中国人发出告诫："哪怕是给铺上千万朵鲜花，谎言也不会变成真理。"他还说："人只有讲真话，才能够认真地活下去。"看来，说真话才是真实生活的基础。事实上，为人处世做到坦诚、不说假话，不仅是一种美德，更能博得听者的信赖。当然我们每个人都非圣人，有时候说真话也会因此付出一定的代价。但问题是，如果不正视它，不暴露它，那么就无法让内心真正达到安然的状态。因此，说真话不仅需要勇气，更需要对自己严格要求。我们要明白，有时候这样做，并不会损坏你的形象，只会提升你的自信，升华你的人品。

某一天，马克·吐温的夫人要出一趟远门，走前再三叮嘱马克·吐温照顾好刚出生不到四个月的宝宝。妻子走后，马克·吐温就把婴儿放到摇篮里，推到走廊，他自己则专心致志地在旁边的一张摇椅上读书。当时正值隆冬，外面的气温非常低，马克·吐温又看得太入迷了，没注意到婴儿的哭声。

等到马克·吐温放下书，天都快黑了，他才想起来婴儿还睡在走廊里。他跑过去看，摇篮里的婴儿早已经没有了呼吸。马克·吐温不敢说出真相，等妻子回来后就告诉她，婴儿是受了风寒。夫妻俩痛苦不已，可是又没有办法。从此之后，马克·吐温一直沉浸在深深的自责之中，他怕妻子受到更大的打击，一直隐瞒着真相。直到妻子去世之后，他才在自传中陈述了这件使他抱憾终身的往事，并且以在大雪中受冻来惩罚自己的愚蠢过错。那个寒冷的冬天，已经七十高龄的马克·吐温在大雪中站了三个小时，结果患上了严重的肺炎，没过多久不幸去世。

马克·吐温没敢对妻子讲真话，固然有可以理解的原因，但隐瞒事实给他带来的痛苦是显而易见的。敢于说真话，不仅能释放心底的压力，还是我们敢于直面问题的勇气所在。如若一个人因为害怕付出代价而谎话连篇，不仅会使自己内心煎熬万分，还会因此丧失他人的信任。

真话之中往往透露着真相，真话之中往往也蕴含着真情，真话之中同样也载着真理。尽管说真话正如电视剧《手机》里严守一所言"有一说一不容易"，但是在如今这个社会中，恐怕没有谁会忽略真话的价值。因此，要想拉近与他人之间的距离，就多说些真话吧。

我活过，就已经够了

艺人走了，大家惋惜："那么年轻，活多几年才对呀！"

活多几年？活来干什么？等人老珠黄？待观众一个个抛弃？

只有娱乐圈中的人，才明白蜡烛要烧，点两头更明亮的道理。一刹那的光辉，总比一辈子平庸好。

人生浮沉，艺人是不能接受的，他们永远要站在高峰；要跌，只可跌死。

当事业低迷的时候，艺人恐慌，拼命挣扎。这时，好友离去，观众背叛，他们陷入精神错乱。这也是经常见到的事，因为他们不是一般的人，他们是艺人。

就算一帆风顺，艺人也要求所谓的突破，换一个新面孔出现。

但大家爱的是旧时的你，喜欢新人的话，不如捧一个更年轻的。

更上一层楼，对艺人来说极为危险，也只有剑走偏锋，才有蜕变。突破需要很强的文化背景，可惜一般艺人读书不多，听身边的狐朋狗友的话，一个个像苍蝇跌下。

曾经有人对艺人下一个结论：天才，一定要有，但是运气，还是成功最重要的。

艺人以为神一直保佑着他们。失败是一种考验？他们的宗教之中，是不允许有人对他们有任何的怀疑。

明明知道是错的，可是没有人能阻止他们。艺人像瀑布，不停冲下，无休无止，一直唱着《我行我素》之歌。

艺人并不需要同情，他们祈求的是你的爱戴。劝他们保护健康，是多余的。

像一个战士，最光荣的莫过于死于沙场。站在舞台上，听大家的喝彩，那区区的绝症算得了什么？

燎原巨火，燃烧吧，只要能点亮你的心。艺人说："我已活过。"

一世到底有多长

　　说什么也是筷子比刀叉和平得多。

　　我对筷子的记忆是在家父好友许统道先生家里开始的。自家开饭用的是普通筷子，没有印象，统道叔家用的是很长的黑筷子。

　　用久了，筷子上截的四方边上磨得发出紫颜色来。问爸爸："为什么统道叔家的筷子那么重？"

　　父亲回答："用紫檀做的。"

　　什么叫紫檀？当年不知道，现在才懂得贵重。紫檀木钉子都钉不进去，做成筷子一定要又锯又磨，功夫不少。

　　"为什么要用紫檀？"我又问。

　　父亲回答："可以用一世人用不坏呀！"

　　统道叔已逝世多年，老家尚存。是的，统道叔的想法很古老，任何东西都想永远地用下去，就算自己先走。

　　不但用东西古老，家中规矩也古老。吃饭时，大人和小孩虽可一桌，但都是男的，女人要等我们吃完才可以坐下，十分严格。

　　没有人问过为什么，大家接纳了，便相安无事。

　　统道叔爱书如命，读书人思想应该开通才是，但他受的教育限于中文，就算看过五四运动之后的文章，看法还是和现代美国人有一段距离。

我们家的饭桌没有老规矩，但保留家庭会议的传统。什么事都在吃饭时发表意见，心情不好，有权缺席。争执也不剧烈，限于互相地笑。自十六岁时离开，除后来父亲的生日，我很少一家人同一桌吃饭了。

说回筷子，还记得追问："为什么要用一世人，一世人有多久？"

父亲慈祥地说："说久也很久，说快的话，像是昨天晚上的事。"

我现在明白。

忘记什么就忘了，不要有压力

从前常忘记这个忘记那个，很不方便。

当今我出门之前，总问我自己："有四种东西，带了没有？"

　　开始数：钱，有了；手提电话，有了；眼镜，有了；雪茄呢，也有了。习惯，很可怕，学到坏的，终生困扰，好的非养成不可。

　　我一走进酒店，必把开门的锁匙或卡片放在电视机上，此后不花时间就能找到，出门之前又问自己："有一种东西，带了没有？"

　　年纪一大，记忆力衰退是必然的事，年轻时看到长辈邵逸夫爵士，身上总有一片很精美的皮夹，插入白卡，一想起什么，即刻用笔记之，只字又小又细，但力道十足，写得把纸张也刮出深坑来。

　　九十多岁的人了，还是没有抛弃这好习惯，当今又是电子手账又是手提电话记事，方便得多，年轻男女还是不肯改善记忆力，没话说。

　　记性差，有时是天生的，也不能太过责备自己，最糟糕的是不用功，不肯笔记下来。

　　更坏的，是推三推四，明明自己忘记了还拼命解释已经打了电话给对方，对方没有回复电话罢了，不关我事。

　　没回复电话，不会追吗？年轻人的缺点是叫他们做一件事，很少得到回音，要等问起才搪塞推脱一番。我们这些老得已成精的人，怎么看不出？当面责备多了，大家伤感情，最后只有忍着不发脾气而已。

事情做错，道歉一声，不就行吗？

记性不佳，最好是想到什么即刻做。不然一转头就忘记了。再忙，也要停下一切，先办完想起的事。

但是做完这件，又忘记其他的，也是我自己犯过的大毛病。不要紧，我把我的上司一个个消灭，炒他们的鱿鱼，到现在没人管也没压力，要忘记什么就忘记什么。如果你也能够做到这个地步，记忆力差，已不是问题。

人生，看你如何选择和被命运安排罢了

从年轻开始，一直喜欢看讣闻，也不是一件什么奇怪的事。

名人去世，有大篇幅的图文并茂的报道，非我所喜；爱看的，是一些籍籍无名的人，过着怎么样的一生。

记得抓到侯赛因的那一天，大家争着读详情，我却在讣闻栏中

注意到一位叫Frank Schubert（弗兰克·舒伯特）的走了。他不是音乐家的后代，只是美国最后的一个守灯塔的人。

去世时八十八岁，守灯塔守了六十六年。守灯塔是多么浪漫的一项工作！所有诗歌小说戏剧都赞颂，但没有多少人肯做。

枯燥吗？不见得，他守的是纽约的灯塔，见证所有最大的邮轮出入这个港口。在一九七三年，一艘货轮和油船于浓雾中相撞，也是由他看到了报海警，结果十个船员死亡，六个失踪，救起了六十三个人。

我们的印象之中，所有的美国老人都是捧着一个巨大的啤酒肚，但在讣闻中读到，他是一个又瘦又高、谈吐斯文的人。

当然有教养，他在孤寂中读了无数的书。其他嗜好也不过是钓钓鱼，从来没有放过一天的假，他说："我不要退休，我太爱海了，我太爱我的工作。"

爱海的人，可以当船员、渔夫，但这些工作都是动的；看海的静，有什么好过当守灯塔的人呢？

灯塔由燃油到用电，一切自动化，但那一万瓦的灯泡坏了还需要人来换。不过当今有人造卫星导航，灯塔只能当明信片的背景。

站在舞台上，被千万束灯光照耀，和死守着一盏灯，同样要过。人生，看你如何选择和被命运安排罢了。

他说过："我每天看灿烂的黎明和日落，背后还有无数的曼哈顿灯火，一生何求！"

附录

蔡澜问蔡澜

Go to live at random

我大半生一直研究人生的意义，
答案还是吃吃喝喝。

关于婚姻

问："对婚姻有什么看法？"

答："没有人比英国作家王尔德讲得更好——男人结婚，因为他们疲劳了；女人结婚，因为她们好奇。两者都失望。哈哈哈哈。"

问："女人总是想嫁的，要是嫁不出去怎么办？"

答："因为大家都结婚，这些人没有嫁过，所以想嫁，就是王尔德所讲的好奇了。当今社会嫁不出去的女人很多，她们每个人都不是第一个。至于不结婚生儿育女，现在也相当流行，没什么了不起的。不嫁就不嫁嘛。为什么要为了一个制度去烦恼？"

问："那为什么还有那么多人赶去结婚？为什么他们要结婚？"

答："一时冲昏了头脑。爱到浓时，只想和这个人二十四小时长相厮守，大家就结婚了。要是能保持清醒，当然不会糊里糊涂地走进教堂。"

问："你相信离婚这一回事儿吗？"

答："不相信。"

问："不相信？"

答："不相信。因为这是一种承诺，我不相信答应过的事不遵守的。现在已没有指腹为婚的事。你结婚，因为你爱过，没有人用枪指你的头。"

问："但是人总会变的呀！"

答："不错，所以结了婚就要期待对方转变，让对方适应你，或者你去适应对方。如果改变到大家都成为一个不同的人，那么你已经不是对这个人做过承诺，可以离婚。离婚有种种理由，最直接又最爽快的是不能容忍的意见分歧。如果有自由的婚姻制度，那么就应该接受这个单纯的理由，别再拖泥带水，折磨他们。一二三，就那么简简单单地让两个永远痛苦的人分开好了。"

问："子女呢？"

答："问得好，最应该考虑的是下一代，为了他们而勉强在一起，甚无奈。但也是要接受的事实。所以我劝谕对婚姻制度没有信心的人，即使结了婚，也不要生儿女。"

问："到底有没有完美的婚姻？"

答："有的。我父母就是一个例子，他们真是白头偕老。看到许多老夫老妻手牵手散步的情景，我心中便起一阵阵的温暖。他们在一起，并不是由于婚姻的制度，一对老伴，也许对方有很多无可奈何的意见分歧，但始终接受对方的缺点，爱护和关怀多过一切。"

问："问了你那么多关于婚姻的事，还没问过你本人结了婚没有。"

答："结过。在法律上。"

关于美食

问："你能不能准确地告诉我，今年多少岁了？"

答："又不是瞒年龄的老女人，为什么不能？我生于一九四一年八月十八日，属蛇，狮子座，够不够准确？"

问："血型呢？"

答："酒喝得多，XO型。哈哈。"

问："最喜欢喝什么酒？"

答："年轻时喝威士忌，来了香港跟大家喝白兰地，当年非常流行，现在只喝点啤酒。其实我的酒量已经不大。最喜欢的酒，是和朋友一起喝的酒，什么酒都没问题。"

问："红酒呢？"

答："学问太高深，我不懂，只知道不太酸、容易下喉的就是好酒，喜欢澳洲的有气红酒，没试过的人很看轻它，但的确不错。"

问："你整天脸红红的，是不是一起身就喝？"

答："那是形象差的关系。我也不知道为什么整天脸红，现在的人一遇到我就问是不是血压高。从前，这叫红光满面，已经很少人记得有这一回事儿。"

问："什么是喝酒的快乐？什么是酒品？什么是境界？"

答："喝到飘飘然、语喃喃，就是快乐事。不追酒、不头晕、不作呕、不扰人、不喧哗、不强人喝酒、不干杯、不猜枚、不卡拉OK、不重复话题，这'十不'，是酒品。喝到要止即止，是境界。"

问："你是什么时候成为食家的？"

　　答："我对这个'家'字有点反感，我宁愿叫自己作一个'人'，写作人，电影人。对于吃，不能叫吃人，勉强称为好食者吧。我爱尝试新东西，包括食物。我已经吃了几十年了，对于吃应该有点研究，最初和倪匡兄一起在《壹周刊》写关于吃的文章，后来他老人家嫌烦，不干了。我自己那一篇便独立起来，叫《未能食素》，批评香港的餐厅。一写就几年，读者就叫我所谓的食家了。"

　　问："为什么取《未能食素》那么怪的一个栏名？"

　　答："《未能食素》就是想吃肉。有些人还搞乱了叫成《未能素食》，其实和斋菜一点关系也没有，这题目代表我的欲望还是很重，心还是不清。"

　　问："天下美味都给你试过了？"

　　答："这问题像人家问我什么地方你没去过一样。我每次搭飞机时都喜欢看航空公司杂志后页的地图，那么多的城市，那么多的小镇，我再花十辈子也去不完。"

　　问："要什么条件，才能成为食家？"

　　答："要成为一个好吃的人，先要有好奇心。什么都试，所以我老婆常说要杀死我很容易，在我尝试过的东西里面下毒就好了。要做食评人，先别给人家请客，自己掏腰包才能保持公正。尽量说真话，这样不容易做到。同情分还是有的，对好朋友开的食肆多赞几句，无伤大雅，别太离谱就是。"

问："做食家是不是自己一定要懂得煮？"

答："你又家家声（粤语词汇，意为跟别人说话一样，人云亦云）了。做一个好吃者、食评人，自己会烧菜是一个很重要的条件。我读过很多影评人的文章，根本对电影制作一窍不通，写出来的东西就不够分量。专家的烹调过程看得多了还学不会，怎么有资格批评别人？"

问："什么是你一生中吃过的最好的菜？"

答："和喝酒一样，好朋友一起吃的菜，都是好菜。"

问："对食物的要求一点也不顶尖？"

答："和朋友，什么都吃。自己烧的话，可以多下一点功夫。做人千万别刻薄，煮一餐好饭，也可以消除寂寞。我年轻时才不知愁滋味地大叫寂寞，现在我不够时间去寂寞。"

问："做人的目的，只是吃吃喝喝？"

答："是。我大半生一直研究人生的意义，答案还是吃吃喝喝。"

问："就那么简单？那么基本？"

答："是。简单和基本最美丽，读了很多哲学家和大文豪传记，他们的人生结论也只是吃吃喝喝，我没他们那么伟大，照抄总可以吧。"

关于茶

问："茶或咖啡，选一样，你选茶还是咖啡？"

答："茶。我对饮食非常忠心，不肯花精神研究咖啡。"

问："最喜欢什么茶？"

答："普洱。"

问："那么多的种类，铁观音、龙井、香片，还有锡兰茶，为什么只选普洱？"

答："龙井是绿茶，多喝伤胃，铁观音是发酵到一半停止的茶，很香，只能小量欣赏才知味，普洱则是全发酵的，越旧越好，冲得怎样都不要紧。我起身就有喝茶的习惯，睡前也喝，别的茶反胃，有些妨碍睡眠，只有普洱没事。我喝得很浓，浓得像墨汁一样，我常自嘲说肚子进的墨汁不够。"

问："普洱有益吗？"

答："饮食方面，广东人最聪明，云南产普洱，但整个中国只有广东人爱喝，它的确能消除多余的脂肪，吃得饱胀，一杯下去，舒服无比。"

问："那你自己为什么还要搞什么'暴暴茶'？"

答："这个故事说起来话长，普洱因为是全发酵的，有一股霉味，加上玫瑰干蕾就能辟去。我又参考了明人的处方。煎了解酒和消滞的草药喷上去，烘过，再喷，再烘，做出一种茶来克服暴饮暴食的坏习惯，起初是调配来给自己喝，后来成龙常来我的办公室试饮，觉得很好喝，别人也来讨了，烦不胜烦。"

问："你什么时候开始把它当成商品，又为什么令你有做茶生意的念头？"

答："有一年的书展，书展中老是签名答谢读者没什么新意，我就学古人路边施茶，大量泡'暴暴茶'给来看书的人喝，主办当局说人太多，不如卖吧。我说卖的话就违反了施茶的意义，不过卖也好，捐给保良局。那一年两块钱一杯，一卖就筹了八百块，我的头上当的一声亮了灯，就将它变成了商品了。"

问："为什么叫'暴暴茶'？"

答："暴食暴饮也不怕啊！所以叫'暴暴茶'。"

问："你不认为'暴暴茶'这个名字很暴戾吗？"

答："起初用，因为它很响，你说得对，我会改的，也许改为'抱抱茶'吧。我喜欢抱人。"

问："为什么你现在喝的是立顿茶包？"

答："哈哈，那是我在欧洲生活时养成的习惯，那边的人除了英国人，大家都只喝咖啡，没有好茶，随身带普洱又觉烦，干脆买些茶包，要一杯滚水自己搞定。在日本工作时他们的茶包也稀得要命，我拿出三个茶包弄浓它，不加糖，当成中国茶来喝，喝久了上瘾，早晚喝普洱，中午喝立顿。"

问："你本身是潮州人，不喝工夫茶吗？"

答："喝。自己没有工夫，别人泡的我就喝，我喝茶喜欢用茶盅。家里有春夏秋冬四个模样的，现在秋天，我用的是布满红叶的盅。"

问："你喝茶的习惯是什么时候养成的？"

答："从小，父亲有个好朋友叫统道叔，到他家里一定有上等的铁观音喝，统道叔看我这个小鬼也爱喝苦涩的浓茶，很喜欢我，教我很多关于茶的知识。"

问："令尊呢，喝不喝茶？"

答："家父当然也爱喝，还来个洋酸尖（*新加坡的一种茶*），人住南洋，没有什么名泉，就叫我们四个儿女一早到花园去，各人拿了一个小瓷杯，在花朵上弹露水，好不容易才收集几杯拿去冲茶，炉子里面用的还是橄榄核烧成的炭，说用这种炭火力才够猛。"

问："你喝不喝龙井或香片的？"

答："喝龙井，好的龙井的确引诱死人。不喝香片，香片北方人才欣赏，那么多花，已经不是茶，所以只叫香片。"

问："日本茶呢？"

答："喝。日本茶中有一味叫'玉露'的，我最爱喝了。'玉露'不能用太滚的水冲，先把热水放进一个叫oyusame（**优素美，日本茶具名**）的盅中冷却一番，再把茶浸个两三分钟来喝，味很香浓，有点像在喝汤。"

问："台湾茶呢？他们的茶道又如何？"

答："台湾人那一套太造作，我不喜欢，茶叶又卖得贵得要命，违反了喝茶的精神。"

问："你喝过的最贵的茶，是什么茶？"

答："大红袍。认识了些福建茶客，才发现他们真是不惜工本地喝茶。请我的茶叶，在拍卖中叫到了十六万港币，而且只有两百克。"

问："真的那么好喝吗？"

答："的确好喝，但是叫我自己买，我是付不出那么高价钱的，我在九龙城的'茗香'茶庄买的茶，都是中等价钱，像普洱，三百块一斤，一斤可以喝一个月，每天花十块钱喝茶，不算过分。一直喝太好的茶，就不能随街坐下来喝普通的茶，人生减少许多乐趣。茶是平民的饮品，我是平民，这一点，我一直没有忘记。"

关于酒

问："你脸红红的，喝了酒吗？"

答："没有呀。天生就是这一副模样，从前的人见到我这种人，就恭喜我满面红光，当今，他们劈头一句：你血压高。哈哈哈。"

问："真的没有毛病？"

答："一位干电影的朋友转了行去卖保险，要求我替他买一份。看在多年同事的分上，我答应了。人生第一次买，不知道像我这个年纪，要彻底地检查身体才能受保，验出来的结果，血压正常，也没有艾滋病。"

问："胆固醇呢？"

答："没过高。连尿酸也验过，好在不必自己口试，都没毛病。"

问："你最喜欢喝的是哪一种酒？白兰地、威士忌、红酒、白酒？"

答："爱喝酒的人，有酒精的酒都喜欢，最爱喝的酒，是与朋友和家人一起喝的。"

问："你整天脸红，是不是醒着的时间都喝？"

答："给人家冤枉得多，就从早上喝将起来，饮早茶时喝土炮籽蒸，难喝死了，但是虾饺烧卖显得更好吃了。饮茶喝籽蒸最好。"

问："有些人要到晚上才喝，你有什么看法？"

答："有一次倪匡兄去新加坡，我妈妈请他吃饭，拿出一瓶白兰地叫他喝，他说他白天不喝酒的，我妈妈说现在巴黎是晚上，他不喝，结果我们大家都喝了。"

问："大白天喝酒，是不是很堕落？"

答："能够一大早就喝酒的人，代表他已经是一个可以主宰自己时间的人，是个自由自在的人，是很幸福的。他不必为了要上班，怕上司看到他喝酒而被炒鱿鱼。他也不必担心开会时遭受对方公司的人侧目。这一定是他争取回来的身份，他已付出了努力的代价，现在是收获期。人家是白昼宣淫，这些是白昼宣饮，哈哈哈哈。白天喝酒，是因为他们想喝就喝，不是因为上了酒瘾才喝，怎样会是堕落？替他高兴还来不及呢。"

问："你会不会醉酒呢？"

答："那是被酒喝的人才会做的事，我是喝酒的人。"

问："什么是喝酒的人？"

答："喝够即止，是喝酒的人。"

问："什么叫作喝够即止，能做到吗？"

答："这是意志力的问题。我的意志力很强，做得到喝到微醉就不再喝了。"

问："什么叫醉？请下定义。"

答："是一种轻飘飘的感觉。有点兴奋，但不骚扰别人。话说多了，但不抢别人的话题。真情流露，略带豪气。十二万年无此乐。这叫作醉。"

问："醉得有暴力倾向，醉得呕吐呢？"

答："那不叫醉，叫昏迷。"

问："你有没有昏迷的经验？"

答："一次。数十年前我哥哥结婚，摆了二十桌酒，客人来敬，我替大哥挡，结果失去知觉，醒来时，像电影的镜头，有两张脸俯视着我。原来是被抬到新婚夫妇的床上，影响到他们的春宵，真丢脸。从此不再做这种傻事。"

问："出去第二天醒来，发现身旁睡着个裸女，不知道做了还是没有做，那么该怎么办？"

答："再确定一次，不就行了吗？哈哈哈！"

问："你的老友倪匡和黄霑都已经不喝酒了，你还照喝那么多吗？"

答："黄霑是因为有痛风不喝的。倪匡说人生什么事都有配额，他的配额用完了。我还好，还是照喝，喝少了一点倒是真的。我不能接受有配额的说法，我相信能小便就能做那件事，看对方是什么人罢了。"

问："现在流行喝红酒，你有什么看法？"

答："太多人知道红酒的价钱，太少人知道红酒的价值。"

问："我碰不了酒，很羡慕你们这些会喝酒的人，我要怎样才了解你们的欢乐？"

答："享受自己醉去。"

问："什么叫自己醉？"

答："热爱生命，对什么东西都好奇，拼命问。问得多了，了解了，脑中产生大量的吗啡，兴奋了，手舞足蹈了，那就是自己醉，不喝酒也行，又达到另一种境界。"

关于想做的事

问："你还有什么想做的事？"

答："太多了。"

问："举一个例子吧？"

答："以前，作文课要写《我的志愿》，我写了想开家妓院，差点给老师开除。"

问："你在说笑吧？"

答："我总是说说笑之后就做了，像做暴暴茶、开餐厅。我还说过以我的日语能力，不拍电影的话，大不了举一面小旗，当导游去。"

问："真的要开妓院？"

答："唔，地点最好是澳门，租一所大间大屋，请名厨来烧绝了种的好菜，招聘些懂得琴棋书画的女子作陪，卖艺不卖身。多好！"

问："哈哈，也许行得通。"

答："绝对行得通。"

问："还有呢？"

答："想开一所烹调学校。集中外名厨，教导学生。我很明白年轻人不想再读书的痛苦。有兴趣的话，当他们的师傅去。学会包寿司，一个月也有上万到三四万港币的收入。父母都想让儿女有一技之长，送来这所学校就行。"

问："还有呢？"

答："要个网址，供应全世界的旅行资料。当然包括最好吃的餐厅，贵贱由人，不过资料要很详细才行。我看到一些网站，看了一次就没有兴趣再看。那就是最蠢不过的事。在我这里，不只找到地址、电话，连餐牌都齐全，推荐你点什么菜，叫哪一年份的酒，让上网的人很有自信地走进世界上任何一家著名的餐厅不会失礼。"

问："还有呢？"

　　答："还有开一个儿童班。教小孩画画、书法，也可以同时向他们学习失去的童真。"

　　问："还有呢？"

　　答："你怎么老是只问'还有呢'？"

　　问："除了教儿童，你说的都是吃喝玩乐，有什么较有学术性的愿望？"

　　答："吃喝玩乐，才最有学术性。我知道你要问什么，较为枯燥的是不是？也有，我在巴塞罗那住了一年，研究建筑家高地（Gandi）的作品，收集了他很多的资料，想拍一部电脑动画，关于圣家诺教堂，这个教堂再花多一百年工夫也未必能够完成，我这一生中看不到，只有靠电脑动画来完成它。根据高地原来的设计图，这座教堂完成时，塔顶有许多探射灯发出五颜六色的光线，照耀全城，塔尖中藏的铜管，能奏出音色特别多的风琴音乐。这时整个巴塞罗那像一座最大的迪斯科，来了很多嘉宾，用动画使李小龙、玛丽莲·梦露、詹姆斯·迪恩、戴安娜王妃、杨贵妃、李白等人都重新活着，和市民一起狂舞，一定很好看。"

　　问："生意呢？有什么生意想做？"

　　答："我也在南斯拉夫住过一年多，认识很多高官干部，都很有钱。买了很多钻石给他们的太太，现在打完仗，钻石不能当饭吃，卖了也不可惜。我在日本工作时有一个很信得过的女秘书，嫁了一个钻石鉴定家，和他合作，我们两人一面玩东欧，一面收购了一些钻石，拿回来卖，也能赚几个钱。"

问："这主意真古怪。"

答："不一定是古怪才有生意做。有些现有的资料，等你去发掘，像我们可以到国际发明家版权注册局去，翻开档案，里面会有一些发明，当年太先进了，做起来失败，就那么扔开，现在看来也许是最合时宜的，买版权回来制造，赚个满钵也说不定。"

问："写作呢？还有什么书想写的？"

答："当然有啦，我那本《追踪十三妹》只写了上下两册，故事还没讲完。我做十三妹的研究有十年以上，有很多资料。也把自己经历过的事、遇到的人物写在里面，每一个故事都和十三妹有关联，一直写下去。用20世纪60年代到70年代的香港做背景，记录这十年的文化，包括音乐、著作，吃的是什么东西，玩的是什么东西。"

问："那么多的兴趣，要等到什么时候才去做？是不是要等到退休？"

答："我早已退休了，从很年轻开始已经学会退休。我一直觉得时间不够用，只能在某一段时期做某件事，什么时候开始，什么时候终结，随缘吧。"

　　问："最后要做的呢？"

　　答："等到我所有的欲望都消失了，像看到好吃的东西也不想吃，看到好看的女人也不想和她们睡觉时，我就会去雕刻佛像。我好像说过这件事，我在清迈有一块地，可以建一个工作室，到时天天刻佛像，刻后涂得五颜六色，佛像的脸像你、像我，不一定是观音菩萨。"

关于岁月的逝去

　　问："你今年多少岁了？"

　　答："六十多了。如果遇到车祸，报纸上的标题是《六十老叟被车撞倒》。"

　　问："你不避讳谈谈死亡的问题吧？"

　　答："人生必经之道，避讳些什么？这是东方人的缺点，以为长寿是福，从不谈及死亡的问题，活得不快乐的话，长寿怎会是福分呢？"

问："今后会有什么计划？"

答："小时候，老师鼓励我们，在一个年月的开始写些要做什么。大了，不做这些傻事。"

问："你想你会活多久？"

答："目前科学和医学昌明，我要是能够活到七十，不算要求过高吧？一定要我说出一个计划，就来个十年计划。十年过后，如果不是这里痛那里痛的话，那么再订一个十年计划也不迟。"

问："你有没有想过这个十年计划中，你会做些什么？"

答："想过。想了老半天，想不出一个头绪。还是随遇而安，过一天是一天吧。人的生命，是那么脆弱。从早死的亲戚和朋友，我们可以得到这种结论。计划归计划，现实生活中将会发生些什么，谁知道？"

问："难道连一个月的也没有？"

答："我最不喜欢有什么目的或者有什么使命的。如果硬说需要什么指标，那么还是一句老话：希望活得一天比一天更好。今天比昨天快乐，明天又要比今天充实。"

问："什么叫充实？"

答："多看书，多旅行，多观察别人是怎么活下去的，多学一点你想学的东西，就会感到充实。像我最近才学会用电脑上网，就有充实感。"

问："物质上的享受重不重要？"

答："回答你不重要，是骗你的，我的欲望还是很强的。我的一个食评专栏名字叫《未能食素》，和吃不吃肉没有关系，那是代表我对物质放不下，我还不能达到无欲无求的层次。"

问："有一天没有了欲望，你会做什么？"

答："做和尚呀！"

问："你不是开玩笑吧？"

答："一点也不是在说笑，认真的。那时候来到，我就去泰国清迈，那里我买了一块地，搭一个工作室，用木头刻刻佛像。懂得艺术的和尚多数会受尊敬的。"

问："做了和尚，还管得了受不受尊敬？"

答："（脸红）你说得对。所以我说我六根未净嘛。"

问："还是谈回死吧。"

答："人生下来，自己是不能决定的。但是，我想，死最好能够自己掌握。小时候看过马克·吐温的小说《顽童流浪记》（指《汤姆·索亚历险记》），主人翁骗大家被淹死了，又偷偷回来看自己的葬礼，那多有趣！"

问："你的葬礼，是怎么样的一场葬礼？"

答："最好是像开大派对一样，载歌载舞，开香槟，不要任何哀愁，只有欢乐。"

问："然后呢？"

答："然后结束自己的生命呀！"

问："可能吗？"

答："高僧都知道自己什么时候死的。像弘一法师，他最后写了'悲欢交集'四个字；我最后还没决定要写哪四个字，给我一点时间想想。"

问："你觉不觉得老？"

答："古人有句'丹青不知老将至'的句子，幸好我的头发虽然白了，但是还没掉光，所以也不感觉老。体力大不如前倒是每天感觉到的，像酒量、像性爱的次数。思想上可是愈来愈年轻，觉得周围的人都比我稳重。我常开玩笑说我和年轻人有代沟，我比他们年轻。"

问："你吃得好、住得好，当然比很多人年轻啦。"

答："我吃得好、住得好，是年轻时付出了勤劳的代价。我也有经济不稳定的岁月，我不是在说风凉话。和我有代沟的年轻人，是我觉得他们对生活的态度不够积极。"

问："还有什么想吃的东西？"

答："很多。但是大部分我都吃过，我现在看到鲍参翅肚就怕怕，宁愿吃豆芽炒豆卜。"

问："有没有不敢吃的？"

答："前几天去了东京，那家吉野家的牛丼（dòng，是一种丼物，丼物指一碗有碗盖的白饭，饭上铺着菜，如炸鱼虾的叫天丼，鸡蛋和鸡肉的叫亲子丼）没有人敢食，我才不怕，照吃不误。疯牛症的潜伏期有十年，如果我有计划，那刚好到期。再过三年，我也不管艾不艾滋了，艾滋病的潜伏期是七年嘛，哈，一老，就是人生一张自由自在的通行证。"

问："真的不怕死？"

答："人生充实了，对死亡的恐惧相对地减少。我好像告诉过大家这么一个故事：有一次我乘长途飞机，旁边坐了一个彪形大汉的鬼佬（粤语中指代洋人），遇到了不稳气流，飞机颠簸得厉害，鬼佬拼命抓紧手把，我若无其事照喝我的酒。气流过后，鬼佬看我看得不顺眼，问我：'你是不是死过？'我懒洋洋举起食指摇了一摇，回答道：'不，我活过。'"

关于道德和原则

问："你是不是一个很守道德的人？"

答："哪个时候的道德？"

问："你这句话是什么意思？"

答："道德随着时间而改变，遵守旧道德观念，死定。"

问："什么叫新？什么叫旧？"

答："从前的女子，丈夫先走了，守寡是美德。现在的女人，老公死了，你看她孤苦伶仃，就叫她再去找一个，要是你活在旧时代，你是一个劝人败坏道德的人。"

问：语塞。

答："还有，从前的人，叫年轻人不可以打飞机，说什么一滴精一滴血，吓得他们脸都青掉，还以为自己打飞机打出来的。现在的医生或八卦杂志，都说手淫是正当的，不要打太多就是。"

问："社会风俗的败坏呢？"

答："你一个人的力量，能改变整个社会吗？"

问："至少要守回自己的本分呀。"

答："说得对。管他人干什么？"

问："离婚后的子女问题呢？"

答："我们的社会愈来愈像美国，在美国，一班同学之中，只有你一个父母不离婚的才受歧视。"

问："孝顺父母呢？"

答："啊，你问到重点了。但是，这不是道德的问题，这是原则，供养你长大的人，你孝顺他们，是不是应该的？不必回答吧！"

问："做人，是不是应该有原则的？"

答："道德水平已经不可靠了。只有原则是个不变的目标，是的，做人应该有原则。"

问："原则会不会因为时间而改变？"

答："不会。"

问："你算是一个很有原则的人吗？"

答："我算是一个很有原则的人。"

问："你有什么原则？"

答："孝顺不在话下，我很守时。"

问："别人不守时呢？"

答："那是他的事。"

问："约了人，你老等，不生气吗？"

答："我不在乎等人，所以约会多数约在办公室，像你这次的访问迟到了，我可以做别的事。"

问："（有点羞耻）如果约在咖啡室呢？"

答："（注视对方）那要看等什么人了。美女的话，可以多等一会儿。"

问："（更羞耻，转话题）对人好，是不是原则？"

答："是的，先对人好。人家对你不好，就原谅他，但是，也要远离他。"

问："遵守原则，会不会处处吃亏？"

答："吃亏。也要看你怎么看吃亏。不当成吃亏，就不吃亏了，要放弃原则很容易。我父亲教我的一些原则，我都死守着，像对人要有礼貌，像借了东西要还，像别无缘无故骚扰人家，像……"

问："你答应过的事，一定要做到？原则上，你是不是一个守信用的人？"

答："我是。有时承诺过的事现在做不到，但是会一直挂在心上，等有机会，就完成它。"

问："婚姻是不是一种承诺？"

答："是的。所以我不赞成离婚。当年自己答应过，不应该后悔，除非对方已经完全变了一个人。对这个陌生人，你没有承诺过任何事。"

问："你说过原则是不会变的！"

答："原则没有变，是人在变。"

问："你这么说，等于没有原则嘛。"

答："曾经有位长者，做事因为对方变而自己变，我问他：你做人到底有没有原则？"

问："他怎么回答你？"

答："他说：没有原则，是我的原则。"

关于烦恼

问："看你整天笑嘻嘻的，你到底有没有烦恼？"

答："（干笑四声）哈哈哈哈。"

问："那怎么没看到你写关于你的烦恼的文章？"

答："我想我基本上是一个很喜欢娱乐别人的人，做了半辈子的电影，多少也是一种娱乐事业。喜欢娱乐别人的人，怎会把自己的烦恼告诉人家？"

问："哭也是一种娱乐呀。"

答："你去做好了。"

问："我们年轻人怎么克服烦恼呢？"

答："没的克服，只有与它共存。"

问："怎么共存？"

答："一切烦恼，总会过去的。我们小时候烦恼会不会被家长责骂。大了一点，担心老师追功课。思春期为失恋痛苦。出来做事怕被炒鱿鱼。但是，这一切不都已经过了吗？一过，就觉得当时的烦恼很愚蠢，很可笑。我们活在一个刷卡的年代，为什么不顶支（粤语词汇，意为尽情享受）快乐？既然知道一过就好笑，不如先笑个饱。"

问："这不是阿Q精神吗？"

答："什么叫阿Q精神，你还弄不懂，你想说的是逃避心理吧？逃避有什么不好？逃避如果可以解决困扰，尽管逃避，有些事，避它一避，过后它们自动解决。"

问："说是容易，做起来难呀！"

答："这我知道，但是说比不说好，想比不想好。"

问："你难道没痛苦过吗？"

答："痛苦分两种，精神上的和肉体上的。精神上的痛苦是想出来的。不想，痛苦就没了。肉体上的痛苦才是真正的痛苦。人家砍你一刀，你一定会痛苦。女朋友走了，你认为还有新的，就不痛苦。肉体上的痛苦好解决呀！拼命吞必理痛（Panadol）就是，别听人家说吃多了对身体有害。痛苦是不需要忍受的。把必理痛拿来当花生吃就是。"

问："什么情形下才产生烦恼？"

答："个人看得开的话，烦恼不出在自己身上，是出在你周围的人身上。喜欢的人，在不知不觉之中，完全变成另一个人，而你自己又改变不了对方的想法，烦恼就产生了。"

问："我们年轻人怎么解决？"

答："没的解决。一就是离开这个人；二就是强忍。都是看你爱对方爱得有多深。其实，也都是自己想出来的。因为你两者都想要，或者两者都做不了，烦恼就来了。"

问："宗教信仰能不能帮你解决？"

答："那才叫作逃避。"

问："我们年轻人分不开，也不懂。"

答："你别整天把'我们年轻人'挂在口中，我们也年轻过。

年轻时分不出什么是烦恼，什么是一定要活下去。年轻人享受体验烦恼的感觉，就像辛弃疾所说的'为赋新词强说愁'。大家都有过这个阶段，省悟得早，省悟得慢，要看一个人的悟性了。"

问："活下去是那么重要吗？"

答："有时，是一种无奈。"

问："多愁善感，美不美？"

答："不美，什么事都想到负面上去，这种人要避开。林黛玉也许很吸引年轻人，但这种女人闷死人，整天哀哀怨怨，烦都烦死了，送给我我也不要。"

问："那是天生的呀！"

答："我也承认这一点，所以愈来愈相信宿命论，遗传基因决定一切。物以类聚，让他们相处在一起，互相享受好了。我们不同的人，要避开。"

问："避不了呢？"

答："又要回到爱得有多深、忍与不忍的问题了。"

问："（懊恼）说来说去，还不是没说。"

答："有一种办法，叫作自得其乐。"

问："怎么自得其乐？"

答："做学问呀！"

问："普通人怎么要求他们去做学问？"

答："我所谓的学问，并不深。种花、养鸟、饲金鱼。简简单单的乐趣，都是学问。看你研究得深不深，热诚有多少。做到忘我的程度，一切烦恼就消失了。你已经躲进自己的世界，别人干扰不了你。"

问："做买卖算不算是学问？"

答："学问可大着呢。研究名种马的出生也是学问。"

问："我什么都不会，也没有兴趣，怎么办？"

答："看漫画有兴趣吧？"

问："有。"

答："什么漫画都看好了。中国的连环画、日本的暴力书、英国式的幽默书。等你看遍了，就是漫画专家，别说没有烦恼，还可以靠它赚钱呢。"

问："我明白了，所以你又拍电影，又写作，又学书法和篆刻，又卖茶，又开餐厅，你的烦恼，一定很多。"

答：……（表示沉默）

图书在版编目（CIP）数据

随心随意去生活 / 蔡澜著. —长沙：湖南文艺出版社，2018.7
ISBN 978-7-5404-8636-5

Ⅰ.①随… Ⅱ.①蔡… Ⅲ.①散文集—中国—当代
Ⅳ.①I267

中国版本图书馆CIP数据核字（2018）第068590号

上架建议：畅销·文学随笔

SUIXIN SUIYI QU SHENGHUO
随心随意去生活

作　　者：蔡　澜
出 版 人：曾赛丰
责任编辑：薛　健　刘诗哲
监　　制：于向勇　秦　青
策划编辑：木鱼非鱼
营销编辑：刘晓晨　刘　迪
市场支持：田安琪
封面设计：壹　诺
版式设计：李　洁
内文排版：麦莫瑞
封面图片：喵呜不停
出版发行：湖南文艺出版社
　　　　　（长沙市雨花区东二环一段508号　邮编：410014）
网　　址：www.hnwy.net
印　　刷：北京天宇万达印刷有限公司
经　　销：新华书店
开　　本：875mm×1270mm　1/32
字　　数：176千字
印　　张：9.5
版　　次：2018年7月第1版
印　　次：2018年7月第1次印刷
书　　号：ISBN 978-7-5404-8636-5
定　　价：48.00元

若有质量问题，请致电质量监督电话：010-59096394
团购电话：010-59320018